因爲年輕所以流浪

◉劉墉著

因爲年輕所以流浪因爲年輕所以流浪因爲年輕所以流浪因爲

年老的流浪顯得可憐，
年輕的流浪呈現壯闊。

我們流浪，因爲年輕；
我們年輕，所以流浪。

【改版前言】

當人生的旅程將近尾聲，
家鄉的港口在望，
我彷彿正放下船帆的水手，
看到那帆布上留下的汗痕、血痕、淚痕，
以及七海的風塵……

因爲年輕，所以流浪

不知是不是因爲年過半百，近來總有朋友要我寫本傳記，甚至說「你懶得寫，沒關係，我們可以找人幫你寫，只要你提供材料就成了。」

每次朋友這麼說，我都回答：「其實我早寫了啊！我的生活全都記錄在我過去的作品之中，何需再寫一遍呢？」

「沒有啊！我們只見到近十年，你兒子上高中和你女兒出世之後的生活，哪兒能見到更早的呢？」他們異口同聲地講。

爲了證明自己所言不虛，最近我特別重溫舊作《薑花》和《四情》，只是才翻開版權頁，就發現還是朋友們對，原來這兩本「文學性」的書，已經許久未印，市面早就缺貨，怪不得大家看不到。

◉

翻閱十幾二十年前的作品，有一種與老友重逢的喜悅，許多已經淡忘的事又回到眼前，於是本來已經空了的那段記憶又變得豐富，生命好像一下子變長，也一下子變得更實在。

以五十漸暮的年歲，看自己五陵年少時的文章，也別有一種滋味，發現自己不但是「早熟」的，而且是「早老」的，大概「爲賦新詞強說愁」吧，居然在三十才出頭的時候，已經寫了許多田園遁世的文章。

青年時代更接近童年，往事記得清楚，自然有許多「憶兒時」的作品。我發現那時很懷舊，懷念自己童騃的舊，也跟著父母，學作「大人嘆息」。所以一方面寫〈饊子〉、〈臭豆腐〉，一方面跟著那些賣饊子和臭豆腐的老人，回到上一個時代。那不是我親身經歷的，而是聽說的，聽父母說的「他們流浪的時代」。

◉

可不是嗎？我們所經歷的就是一個流浪的時代，因爲戰爭而流離、因爲學業而浪跡天涯。在大時代的悲劇中，一船一船的人渡海；又在「留學潮」的推動下，一飛機一飛機的人越洋。

一九七八年，我也漂洋到了美國，起初是應維吉尼亞州丹維爾美術館的邀請，擔任「駐館藝術家」，又在文化團體的安排下，到各城市和大學介紹中華文化。我提著兩大箱重重的行李，由美西飛到美東，又由美東漂到美北和美南。

年輕是適合漂泊的，漂泊就因爲年輕。年輕比較能往前衝，年輕比較耐得住鄉愁。但是今天，當我翻閱自己早期寫的〈小白狗〉、〈手提袋老人〉和〈薑花〉，發現那時雖然年輕，作品中卻已經有了濃濃的鄉愁。所幸年老的鄉愁顯得可憐，年輕的鄉愁呈現壯濶。

◉

大概因爲「敝帚自珍」吧！看自己早期寫的東西，居然覺得「尚有可觀」。想想朋友們既然急於看我早期的生活，何不把那些舊作加以整理分類、去蕪存菁並重新出版。

於是利用九九年十一月回台的時候，重新校閱了《薑花》文集，在二十三篇中取了十三篇，再由《四情》中摘取了三篇。更改編排、加入照片，並定書名爲《因爲年輕，所以流浪》。

《因爲年輕，所以流浪》實在比原來的兩個書名都來得貼切。在這本書裡呈現了我與父親釣魚捉蝦的歡樂和父親逝世之後的失落，也透過〈水雲齋〉那篇小說，呈現了我由少年學畫，到成爲專業畫家的歲月。當然，書中更多的文字，描寫我二十九歲隻身赴美，初期住在詹寧醫生家的生活，以及後來與妻在大峽谷歷險的種種。接下來則是一家團圓，我有了異鄉的家，開始讀書教書、種花種菜，鄉愁漸遠，閒適的情懷開始呈現。

◉

整理這本書，彷彿翻閱過去的日記。久遠了，不再有當時的激情，也就能看得更清楚，想得更豁達，也感覺得更唯美。

年輕是多麼美！漂泊是多麼浪漫！

劉墉

因爲年輕所以流浪因爲年輕所以流浪因爲年輕所以流浪因爲

當人生旅程將近尾聲，家鄉的港口在望，我彷彿正放下船帆的水手，看到那帆布上留下的汗痕、血痕、淚痕，以及七海的風塵……。

目錄

因爲年輕所以流浪因爲年輕所以流浪因爲年輕所以流浪因爲年輕所以流浪因爲

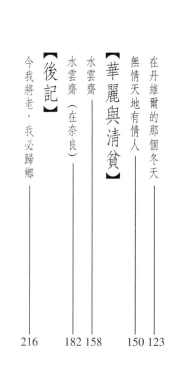

夢裡不知身是客

這一章收錄了我留美早期的兩篇小說，以及透過童年食物懷舊的兩篇散文。前者表現了孤獨的異國鄉愁，後者描繪了一九四九年「渡海人」的悲涼。但無論前者或後者，都是一種漂泊。

【夢裡不知身是客】

「是我移走了窗邊的椅子，不希望牠去看你；
你也最好不要見牠，因爲你會失望！」
「牠死了嗎？」我大吃一驚：
「牠病了嗎？」

小白狗

每當冰雪的日子，我經過長巷，看著兩側人家帘帷深垂的窗子，總會想起那隻小白狗，總覺得牠會突然從某一個窗帘下鑽出頭來……。

初到紐約的那年，我是不開車的，住在法拉盛區，每次爲了到遠在牙買加區的學校上課，總得走一段路去搭巴士。剛開學那段金風紅葉的秋天，這些路不但不苦，還是種享受，但是當頭上的楓紅，轉爲脚下沙沙的歎息，再淋上暮秋的冷雨、寒霜，那感覺的肅殺，加上濃濃的鄉愁，就有些慘慘戚戚了。

◉

從愛希街的住所走出來，我總是左轉到下一條街的路旁等車，車站右邊不遠有個小雜貨店，天暖時，常有些西裔少年聚集在店門口，他們的喧嘩惹我厭煩，但是隨著天寒，孩子們都躲進屋裏之後，卻又令人寂寥了起來。初時還能撿撿脚邊艷黃色的銀杏葉子，排遣等車的孤單，到了北風起時，竟連葉子也難得了。

紐約的車子，並不像早先在國內想像的那麼準時，尤其是越區行駛，穿梭在小巷弄的這種橘紅色巴士，有時候可以讓人等上二、三十分鐘。

起初我總是站在靠近街心的地方張望，但是愈來愈刺骨的寒風，使我不得不瑟縮到牆腳。

那是一棟老舊的紅磚房子，五層樓的公寓，大門在距車牌二十公尺的地方。對著車站，則是人家的窗子，總是垂著已經褪了色的，想當年應該是黃色的窗帘。

◉

又是一個寒冷的日子，使我不得不緊靠在那棟樓的邊上，以左前方大銀杏樹的樹幹來阻攔些許寒風。那風眞是足以刺骨、裂膚的，彷彿刀子一樣穿透我層層的衣服，加上腳下濕滑的地面，更有一股沁人的寒意，緩緩地透入腳心。

車子還是沒來，我心裏正凍得發慌，突然，背後人家的窗帘間，探出一個小腦袋，原來是隻可愛的小白狗，想必牠是站在椅背或是什麼東西上，費勁地撐著頸子向外張望，對我凝視。

牠有著棕黑色的眼睛，好亮好亮，還有那黑色的小鼻頭，頂著窗玻璃猛呼吸，似乎想嗅出我的味道，卻呵出了一片水蒸氣。

我對牠擠了一下眼睛，牠似乎十分興奮，玻璃上的水蒸氣也跟著擴大。那窗帘不斷顫動，相信牠的尾巴也正在後面不停地搖擺。我吹了兩聲口哨，牠的耳朵抖動，眼睛好像更亮了。

突然一雙大手由帘後伸了出來，把牠的身體抓住，牠便一下子消逝在帘後。

儘管如此，這隻小白狗的出現，竟然使我忘記寒冷，巴士也在不遠處轉了進來。

◉

第二天，我又到車站等車，看看窗子，沒有小白狗，想想自己已經在這兒等了幾個月的車，只有昨天才見到小狗，或許牠是客人偶然帶來的吧！不過我還是吹了吹口哨。牠沒有出現，我又吹了吹。

窗帘開始顫動，先是露出兩隻小脚爪，趴在窗臺上，跟著那黑黝黝的小鼻子，狂猛地呼吸著，小白狗又鑽了出來。

於是每天下午兩點多鐘，我去車站等車時，總要以口哨聲把牠喚出來。當牠一直不出現時，我就一直吹，在寒風中，噴著白煙，非把牠叫出來不可。而多半的時候，牠都會出現，每次總狂喘著氣，像是有好多話要對我說似地，只是常過不了多久，牠的主人就會不通人情地把牠抱走。

冬天愈深了，有時正等車，突然飄起密雪，才一下子，就能把老銀杏的一側染成銀白，我的帽子、肩頭、鞋面，都鋪上一層白粉，可是當我逗那小白狗時，竟然能忘記把身上的雪花抖落，上到巴士，那雪便一下子融化，弄濕了衣服。

有時候我會帶上幾塊牛肉乾，那是由國內寄來，療治鄉愁的奢侈品，我卻願意與小白狗共享，可惜牠只能隔著凍了冰條的窗玻璃一個勁地吸氣，卻始終沒能如我所盼望地，從不遠處的正門出現。

◉

那是我到美國所經歷的第一個隆冬，一個異鄉遊子，「歲暮鄉心切」的冰雪的冬天。朋友不多，家書再多也總覺得不足，這可愛、不知名的小白狗，倒成爲我的一個隔窗心會神交的朋友，牠似乎能預期我出現，有時當我走向車站，老遠已經可以看見牠那仰著的頭。

其實那窗臺不是不寬，但牠從來不曾在上面坐過，想必下面墊的東西不夠高，所以只能仰著臉張望。倒是有兩回大雪過後，剷雪車把雪堆在路的兩側，我站在雪上，將臉貼著窗子，親過牠一下，雖然是冰冷的玻璃，卻有許多會心的微笑。我知道對著人家窗子張望是極失禮的行爲，但是忍不住地想去接近那小白狗。有時候我想，過去牠是我聊慰寂寞，忘卻寒冷的盼望，漸漸我似乎也成了牠的盼望。

◉

豈料，就在冬將殘，樹梢已經燃起新綠的一個午後，當我又如往日般與牠無聲地交談時，突然窗帘被拉開半邊，一個肥胖的老女人，隔著窗子不知道對我還是小狗喊了幾聲，從此，小白狗就再也不曾出現過。

不管我把口哨吹得多響，那窗帘依舊深垂。我由盼望、等待，到失望、氣憤，一隻小狗怎麼能整天關在屋子裏呢？牠的寂寞必有甚於我啊！有時我特別在假日散步到那棟公寓附近，也從不曾見過小白狗出來走動，倒是老女人，常呼朋引類地進進出出。

◉

日子一天天地過去，雖然天氣早已和暖，眼前的春景，卻不能取代我對小白狗的盼望，我相信附近的人一定會覺得奇怪，爲什麼這個東方面孔，每次等車時，總要對著老太婆的窗子猛吹口哨。

暮春，我在學校附近買的房子完成了交屋手續，當朋友們幫我把所有的東西都搬去了新居，我卻要求他們再開車送我到原來的住處附近，到那車站——我決定去敲老太婆的門，向她抗議，要求她立即改進對小白狗的態度。

我按了門鈴，對講機裏傳來老太婆的聲音，我對她說明來意，並要求再看看那小白狗，道聲再見。

「是我移走了窗邊的椅子，不希望牠去看你，你也最好不要見牠，因爲你會失望！」

「牠死了嗎？」我大吃一驚：「牠病了嗎？」

「都沒有，跟以前一樣！」

「那麼讓我再看牠一眼吧！因爲牠幫助我度過了一生中最寒冷的冬天！」

「既然你堅持，就到你常站的那扇窗外等著，你就會知道，牠每次要花多大力量，才能張望到你。」

我飛步到窗外，欣喜地吹著我常吹的口哨，心幾乎要跳了出來，這是與久別的摯友，即將重逢的一刻啊！

窗帘被拉開了，老太婆站在窗後，彎下身，終於我日夜盼望的小白狗又出現在眼前，老太婆把小白狗緩緩舉起，我震驚了，震驚得說不出話來。

那可愛的小白狗，竟然……竟然沒有兩條後腿。

【夢裡不知身是客】

在紐約是不能以貌取人的，
許多看來像土匪的，實際卻是博士。
尤其在地鐵裏，
博士也最好打扮得有些土匪的樣子。

手提袋老人

五年不曾搭地鐵了，說實在話，我很以此爲傲，因爲若不是有點辦法的人，要想不靠地鐵，而在紐約生活，還眞不容易。但是對於地鐵裏的樣子，我一輩子也不會忘記，不單因爲那段初到美國搭地鐵的歲月，更有那件糗事，雖然事隔七年，想起來還會臉紅，尤其是在這種天寒的日子。

七年前的今天，我是留學生，一個眞正的天涯遊子，在皇后區租了間房子，經常到曼哈頓辦事之後，擠一個小時的地鐵回緬街車站，再縮著脖子，吐著白煙，抱著十幾磅超級市場辦備的食糧，踩著一脚高、一脚低的冰雪回家。有一次不小心，在大馬路的薄冰上，摔了個四脚朝天，吐司麵包直直地滑到大巴士的底下，成爲當日街頭的免費表演。但是回想起來，比那次在地鐵裏的糗事還差得遠，因爲摔跤是糗在外面，而且人人可能摔倒；地鐵那次卻是糗在裏面，心裏糗，卻說不出。

◉

本來那天我不想出門的，因爲是耶誕前一日，每年此時全美死於車禍的不知有多少，想必路上一定塞，但又因爲有本急著用的書不得不買，只好進城，並一反過去逛街的習慣，四點鐘不到，就從第五街和四十二街交口的車站，搭七號地鐵回家。

車上居然出奇地冷清，不知人們是不是都早留在家裏團聚過節了。我一進車廂，就右轉坐在角落，這是受行家指點的，因爲據說坐得靠近車門，隨時可能被人搶了跑，至於坐在角落，則有兩面保護，遇到狀況，更能取得以一敵三的地勢。

偌大的車廂裏，只坐了四、五個人，我把手提塑膠袋放在左邊的空位上，又將裏面新買的書抽出一個角，這樣原先起盜心的人就不會搶了，除非他跟我是同行，也唸研究所，又急著要這本書寫論文，果眞如此，搶去也就罷了。

不過放眼車廂裏的人，似乎沒有這一號人物。當然在紐約不能以貌取人，許多看來像土匪的，實際卻是博士。尤其在地鐵裏，博士也最好打扮得有些土匪的樣子。鬍子不要刮，衣領翻上去，低著頭，以冷冰冰的眼光，從眉毛之間斜斜地瞪著每個車上的人。只要你露出一點善相，被搶的必定是你。我當時就是以這種「在你搶我之前，先小心我搶你」的眼神向四周瞄了一圈，最後停在對面。

◉

就在正對面，也靠著車廂一角，坐個老頭子，我居然上車時沒有立刻看到他，大概因爲他太不起眼，看來有點像一堆貨吧！

那確實是一堆貨，用五六個大型手提袋疊起來的貨，而那大胖子，則成爲貨物的中心。他最先吸引我的，是那個特別突出的肚子，憑這個圓得像小山丘的肚子，我認定他應該很胖。還有那雙特大號的塑膠鞋，以及裏面透出的紅色褲管。

我下意識地猛吸了幾口氣，測試一下有沒有怪味道，譬如百日未洗澡的惡臭或腥臊，以決定是否遷地爲良。因爲雖然是短短一瞥，以我乘地鐵半年的經驗，已經敢斷定，這是個「手提袋老人」，那種通常都散著尿臊味，總是提著簡單衣物寄宿街頭的可憐鬼。

在這個朱門酒肉臭、路有凍死骨，號稱世界第一大名城的紐約市，每個冬天凍

△紐約街頭有許多這樣的手提袋老人，他們以街頭為家，餓了，就掏垃圾桶，找可吃的東西果腹。

死幾個手提袋老人，早已不是什麼新聞，而可以稱爲例行報表的一項；人們碰到這種可憐蟲，也只當是身邊的另一種族類，懶得多浪費些眼神給他們，大不了車擠時屛住呼吸，車鬆時移到另一邊。

現在我總算決定不移，大概因爲在這冰點以下的溫度，連臭味也結凍了，所以我沒有嗅到什麼,而且知道這種老可憐蟲絕對不會搶人,也便將自己故意露出的「凶狠的眼神」收了起來。

◉

回到本來的善良面目，視覺便軟化細緻了些，我開始往他的肚子以上逡巡，看到一團白鬍鬚，壓在一頂帶著鴨舌的帽子下，臉是看不清的，想必他正在利用難得有暖氣的地方睡一覺，再不然他就是花一張地鐵車票，便整天躲在車上的那一種。

車子慢慢搖過哈德遜河隧道，轉出地面，想必因爲外面的亮光，或是過隧道時的震動，那老頭居然醒了過來，把帽子移到高高的肚皮上。令人奇怪的是他的臉居然並不太胖，也並不怎麼髒，甚至還有些紅撲撲地。我想大概屬於領有社會救濟的那種人，每個月領了錢，不知計畫地買牛排、冰淇淋猛吃，吃到最後兩個禮拜，沒錢了，就在街頭一個個垃圾桶翻，揀些別人吃剩丟棄的東西。這種人我見多了，因爲在中國城特別多，道理很簡單——中國食物好吃。但是中國城裏難得見到中國浪人，中國人保有傳統的美德，在海外絕不在鄉親前丟臉，所以撿破爛，也必然到洋人區去。

眼前這個老可憐果然要開始吃東西了，他往右邊的大手提袋裏掏，便聽見裏面唏哩嘩拉地，翻出一個紅紙包的巧克力花生糖，這突然使我想起一位英國文學史教授說過的笑話，在英國當乞丐討到一小片別人吃剩的牛排時，便在人家階前，正襟危坐，掏出袋中的餐巾鋪在腿上，並拿出刀叉，一小塊、一小塊地品味。這個聯想，使我禁不住地笑了出來，卻赫然發現對面的老可憐居然也對著我笑。我趕緊將眼神轉開，窗外開始飄下密密的小雪花。

◉

到家又會凍僵了，我心想。低頭看見那老傢伙的大膠靴，十分滑稽的樣子，想必也是撿來的。

「太大了！找不到中號，小號的又不對。」老傢伙竟看出我在想什麼，而且，他，居然對我說話。

我禮貌地把嘴角挑了挑，趕快又移目窗外，雪是更大了。

「雪可是不小，幸虧沒有坐汽車，否則塞車就得幾個鐘頭。」老可憐又說話了，肚皮一起一伏地動著，這下我才看清，他居然外面穿了一件灰布的單衣，應該說是一個單層布料的寬大袍子，裹著裏面臃腫的身軀，當然還有不少其它的衣服，否則早凍死了。

「自己縫的，勉強可用了！」老頭子居然又看出我的心思。我只好點點頭：「是！我知道！」

天哪，我當然知道！在這種冰封雪凍的日子，誰會拿一件單衣當毛皮大衣啊，而且那麼寬鬆，夏天不可能穿，當然只好自己做。這種人我早就聽說了，他們自己一個人，提著幾個手提袋，就叫做一家，因爲全部家具器皿都在袋裏；至於衣服則全穿在身上，從春到夏，他們一件一件脫，也一件一件丟掉，反正都是爛貨。到了秋天再一件件地撿，撿一件加穿一件，於是愈穿愈厚，到下雪時，正好穿得像個球，可以勉強禦寒，想必這個老傢伙裏面也是十七八件頭，大概自己知道活像小丑，所以縫個大單衣，套在外面，遮羞！

我敢賭一百塊錢，猜得準沒錯，你沒看見那灰布單衣裏偶爾露出的紅色嗎？活像個小丑，哈哈！只怕裏面還穿件女人的紅裙子呢？想著，我又笑了。

◉

「眞是漂亮的雪，來得正是時候，已經好幾年沒有銀色聖誕了！」想不到老頭子居然還有雅興，欣賞起雪景來了，他豈知道我最不愛過節，尤其是歲暮冬寒的耶誕，使我心酸、想家。

想到家，我突然對這眼前的老人產生了一絲好感，與那些車窗外看見的一家家人比起來，我還是寧願跟這個老人比，他在自己的國家裏沒有家，我則是在別人的國家裏沒有眞正的家，彷彿是同樣可憐。

「你常坐這七號地下鐵嗎？」我抬頭問他，這是我上車以來，第二次看他的臉，他居然精神不錯，眼中閃著光亮，想必早已在車上來來回回地睡足了。

「不常坐，因爲我住在曼哈頓！」老頭子笑著，顫得隱隱透出裏面的紅衣服，也差點笑死了我，只是我硬忍著沒笑。他當然可以說是住在曼哈頓，大概還可以說住在第五大道呢！只是後面得加個「路邊」。

「去看朋友嗎？」我故意問，看看他怎麼答。

「對對對對！」他居然連答了幾個對。

「朋友住在哪兒？」我存心讓他下不來臺，知道他答不上，只怕得編一個地名了。

「很多！就在馬路上看看他們！」

哈哈哈，眞笑死我，他居然這麼坦白，沒想到乞丐們也是要慶祝耶誕節的。我又把笑憋了回去，只是下面的話不知該如何說了，所幸車子就在這時轉入位在緬街的底站。

我匆忙地道了聲再見，便提起袋子跳下車，爲的是怕他尷尬，因爲我知道他極可能會留在車上享受難得的暖氣，如果硬要等他一塊兒下，他的謊言恐怕就要被拆穿了。

◉

我從地鐵車站的西北通道出來，去銀行提了些錢。半年的紐約客，使我知道身上絕不能帶超過二十塊錢，所以買了書，口袋裏所剩，已不夠上超級市場。

在超級市場的門口，其實不算門口，應該是大門和二門之間那小塊避免冷風直接吹入的地方，看見一個手提袋老浪人，正縮在牆腳發抖。「你住曼哈頓的老朋友，說不定會來跟你拜節呢！」我心裏嘲笑著對他說。

而當我抱著買好的東西出來時，他果然正在吃一塊巧克力花生糖，紅色的糖紙，跟那個車上老傢伙咬的是同一種，說不定他還眞下車了，且把那撿來的無比佳餚分些給難友。

◉

雪是夠密的，我低著頭，把食物和書舉在右耳側，一個勁地沿著緬街向前衝。突然看見一雙熟悉的鞋子，黑色的，出奇大的膠靴子，不正是車上那個老傢伙的嗎？我的視線向上移，是一條大紅褲子，再往上是白色的衣邊和紅色的上衣，還有那白色的大鬍子。

「嗨！」他對我笑著，並把一個東西塞進我的紙袋裏：「耶誕快樂！」

他……，他果然是那車上的老傢伙，只是脫去了外面的灰布袍，並換上一頂紅帽子，正拿著大手提袋，向每個過路的兒童分送糖果呢！我沒能再跟他交談，因爲他早被孩子們團團圍住，孩子們的歡呼聲，使滿天的雪花也變得有情：

「耶誕老人！耶誕老人！耶誕快樂！耶誕快樂！」

【夢裡不知身是客】

父親死後，家裏便再也不曾出現饊子了。
而我也不願再吃饊子，
因爲總記得母親落在油紙上的淚水，
和那永遠清晰的滴滴答答的聲音。

饊子

小時候，看見女生腦後垂著粗粗的辮子，我會說那像麻花；當辮子鬆了，我就改口，說那是個饊子。許多同學不知道饊子是什麼，我則向他們解說：饊子就像又鬆又大的麻花，由於它又酥又脆，一壓就碎，一咬便散得滿桌都是，所以叫饊子。

饊子是饊子爺爺做的。在那時候，似乎除了他，沒有人能做得出饊子。用那麼多細細的，脆得冒泡的小麵條，又捲又編地，做成那近一呎長的大饊子，該是多麼精工啊。

「只有饊子爺爺的老手藝才能做出這麼好的饊子。」爸爸也常這麼說。每當他講完，又總會添上一句：「其實饊子爺爺原來不是做饊子的，在大陸的時候，他家裏很有錢，有著大片的地租給佃農。但他是個很厚道的地主，不但地租要得低，每年春、秋，到了農忙的季節，還特別雇來鐵匠，免費爲佃農修整農耕的器具；更設有托兒所，爲大家照顧幼兒，使得婦女也能下田幫助丈夫。他眞是個老好人，只是時運不濟。也虧得居然小時候跟在傭人身邊，學會了這手藝，而今靠著糊口。」

大概也正因此，父親對饊子爺爺非常尊敬。每次聽到外面傳來饊子爺爺沙啞的叫賣聲：「饊子、麻花！」父親總要穿整衣服，親自出去買。他們常站在晚風中聊天，一談就是十幾分鐘。我最記得饊子爺爺的白鬍子，在晚風裏搖，還有那剪得短短小平頭的白髮和灰布的衣衫，對比得他的臉總是紅撲撲地。他的腳踏車，從來不是用來騎的，只是推著走。上面擺著一個長方形的竹籃子，裏面鋪著白布，再墊上油紙，一條條金黃色、香噴噴的饊子和麻花，則分兩排，整整齊齊地放在裏面。

「饊子爺爺，我爸爸說你是個好人，在大陸很有錢、很有錢。」每次我打岔地說，饊子爺爺總是揮手笑笑：「過去的事，不要提了！」他的臉似乎更紅了。

「有錢難道是害羞的事嗎？」我當時很不解：「還是一朝窮困，就會有不堪再提當年勇的尷尬？」

◉

饊子爺爺確實是窮困的。我曾經有一天晚上隨著父親到他在泰順街違建區的家裏，我們通過窄得不容兩人併肩的小巷子，似乎還穿過好幾戶人家的廚房，地上油亮亮，卻又水窪窪的，彎來轉去，才進到一個灰暗的小屋裏。房子非常矮，沒有天花板，雖然貼滿了報紙，仍然可以看見上面的竹條屋頂和漏水的痕跡。

屋裏只有一張床，上面坐著一個大男孩，大概讀高中了。離床不遠的地上，放了煤球爐子，上面置個大油鍋，旁邊則有些簡單的盤碗。

鐵子爺爺並沒有請我們坐，因爲屋裏唯一能坐的就是那張床。而床上的男孩略略點個頭之後，沒有下床，不知是故意，還是爲了能從屋子中間掛的小燈泡得到更多的光亮，而轉頭舉著書看。

「要考大學了！四個孩子，兩男兩女，就只有這個老么跟我跑出來。他娘死好幾年了，沒人管，沒教養。」鐵子爺爺說著，便彎身，伸手從床底下拖出一個兩呎寬的鋁盆，盆子似乎很重，父親幫了一把，卻被鐵子爺爺止住了，原因是盆子也只能拖出床邊，便已是貼著油鍋，再沒地方移動。

盆子裏全是稀稀軟軟的麵，上面泛著一層黃色的油光，這時只見饊子爺爺拿出兩根特長的大筷子，把那麵左撥右撥，甩了又甩，彷彿母親手拉麵似地，抽出一大堆麵絲，再以兩根筷子各絞著麵絲的一頭，雙手打個轉，沙地一聲，鍋裏略略爆出幾點油星，那原先小小的一條麵，竟然在瞬間膨脹擴大。撈起來，就是我每天早晨吃的饊子了。

◉

從那時起，我每次吃饊子，都先咬一口，再把頓時鬆散的小細條，一根根地撿起塞進嘴裏。心裏想著，這裏的每一根，都是饊子爺爺用兩支筷子拉出來的，尤其神妙的是，它竟然是由床底下一盆油麵變出來的。不知道那床，是不是有很大的學問？在我小小的心靈裏，哪會想到，饊子爺爺的家，除了床底下，根本找不到別的地方可以擺得下那盆麵。

參觀過饊子爺爺的工作之後，家裏似乎更少不得饊子、麻花了，不知是因爲母親胃不好，得吃乾乾的麻花，還是父親每天非吃新出鍋的香酥饊子不可，正如饊子爺爺說的：「你們家是包飯的。」也因此，就算是颳風下雨，他也會專誠披著雨衣送來一包。

◉

父親病後，饊子爺爺除了送進家裏，在床邊陪父親聊聊；當父親臨終，什麼都不能入口的時候，他還帶了一大包饊子到醫院去。我急急地把饊子拿到父親唇邊，父親搖了搖頭又點了點頭，示意我吃。饊子爺爺把我拉到病床邊的椅子坐下，攤了張油紙在我腿上，叫我就著吃。又遞了一個給竟日未食的母親，說是才出鍋的。母親咬了一口，饊子紛紛碎落在油紙上，滴滴答答的聲音好一會兒都不止，原來是母親那像斷線珠子般撲簌簌的淚水。

◉

那是我最後一次看見母親吃饊子。父親死後，家裏便再也不曾出現饊子了。母親說因爲吃到饊子，就會想起父親，想到一家人早晨坐在桌前，異口同吃，卡的一聲，接著饊子便紛紛墜落的景象。而我也不願再吃饊子，因爲總記得母親落在油紙上的淚水，和那永遠清晰的滴滴答答的聲音。

△父親帶我拍完這張照片不久，就因腸癌病逝。那年我九歲，但是父親抱著我拍照時的體溫，到今天都能感覺到。

因爲年輕所以流浪因爲年輕所以流浪因爲年輕所以流浪因爲

【夢裡不知身是客】

他的挑子還沒出現，
我就可以嗅到那說不出來的又香又臭的味道，
然後便見他顫顫悠悠、一歪一斜地，
從橋的那頭緩緩冒上來……

臭豆腐

只要是在蒼茫的暮色中，經過一條小橋，我就會想起薛嫂子的酒鬼丈夫，覺得他正孤零零、顫悠悠地，擔著挑子，從橋的那頭走來，並以沙啞的嗓子和山東的鄉音，送過來像是喚魂似的，似近又忽遠的：「臭……豆腐乾！」那「臭」的音發得特別長，到結尾，已經像是游絲般，卻仍然綿綿綴綴，要斷不斷地，擠出後面的「豆腐乾」三個字，跟下來就是帶著哮喘的幾聲不爽利的長咳。

◉

小時候，在街坊鄰居間，提到薛嫂子，沒有人不知道，她是消息的傳遞站、打會的中間人，也是有名的媒婆。其實這也難怪，因為她的工作是專到各家去洗衣服。出了這門進那門，自然見得多也聽得雜；張家長、李家短，全脫不了她的耳目，也自然以最快速度傳給了大家。

薛嫂子的丈夫叫什麼，似乎沒人知道，其實既然她叫薛嫂子，她丈夫自然姓薛，該叫薛大哥或薛先生的，但是從來沒聽人這樣叫過他，只是在背地裏喚他一聲酒鬼，薛嫂子則稱他爲討債的。小時候，我聽不懂，倒是好幾次這個討債的，在薛嫂子爲我們洗衣服時找上門來，伸手向太太要錢，只見薛嫂子匆匆掏出個五毛錢的銅板塞在他手上，討債鬼就一顚一顚地走了。據說他那不是非常俐落的左脚，就是醉倒在街頭被車子輾的。自從傷了脚，他便辭去原來在工廠的事，天天待在家裏，每天早上拿個白色搪瓷的漱口杯到附近小舖買米酒，坐在家門口的小板凳上喝。他的酒量並不大，一杯下肚，加上氣喘發作，就足夠他睡到老婆晚上七點多回家。

◉

薛嫂子一整天在外面，並不全爲人洗衣服，因爲到了下午才晾的衣服當天不容易乾，所以洗衣服的工作都必須在上午結束；至於下午，則只好揀些爲人打掃洗刷的零工做。薛嫂子雖然是女人，但是力氣奇大，許多男人都幹不了的活，到她手上卻是輕而易舉；我有一次看見她跟個男傭人一起抬土冰箱，只見那男的滿頭大汗、脚底踉蹌，薛嫂子卻談笑風生、游刃有餘。

至於她洗衣服，也自是不同的，母親常一邊讚美她洗得又快又乾淨，一面又怨衣服由她洗總是容易壞，因爲她的力氣太大。早上我才醒，便已聽見她搓衣服的聲音，每一下都是那麼實在而有規律，嚓嚓嚓嚓地，可以感覺到肥皀泡沫被狠狠地揉擠出來；一塊有稜有齒的新洗衣板，似乎到她手上沒多久，就磨成了薄薄平平的一張。我曾經要她讓出小竹凳子由我洗洗看，才搓了兩三下，就被下面的洗衣板磨得手指發紅，惹得薛嫂子得意地大聲笑，以後總拿這件事說給別人聽。

那麼硬的洗衣板，且帶著深深的一條條槽溝，再把手泡在水裏，加上碱性的肥皀，薛嫂子怎麼可能一早上洗七、八家，而手居然不痛呢？

「誰說手不疼？」有一次薛嫂子揚著她那擠滿了抬頭紋的臉說：「少爺，我以前也是個大小姐呢！誰讓我嫁了個沒出息的丈夫，我不養家，誰養？五口要吃飯，三個孩子要上學，討債的還得喝酒，有時候冬天剛把手伸到那冰寒的水裏，每根手指的關節都痛得像針扎似的。但是，手痛容易，心痛難哪！」

　　在薛嫂子的苦苦哀求和鄰人們的勸說下，她那討債鬼的丈夫，終於買個竹挑子，賣起了臭豆腐，而且大概因爲人們都想幫助薛嫂子，所以只要看到他的挑子多少總買上幾塊，生意也很是不惡。

　　薛嫂子的丈夫，每天都走一定的路線。從他家出來，在泰順街繞幾個圈，再過小橋到雲和街和溫州街的一側，所以雖然四、五點就出發，到我家總已近天黑了，那也正是我吃晚飯前被准許在門口玩的時刻。如果當天順風，他的挑子還沒出現，我就可以嗅到那說不出來的又香又臭的味道，然後便見他顫顫悠悠、一歪一斜地，從橋的那頭緩緩冒上來；那灰藍且濛濛的暮色，那佝僂的身影，跟扁擔一樣枯乾而細瘦的手臂，橋邊飄搖的野草和遠處如黑色剪影般的小房子，成爲我童年最深的印象。

挑擔子賣臭豆腐，是非常不容易而且危險的事，因爲其中一頭放著油鍋，步履稍稍不穩，那滾熱的油就可能潑出來，加上他的脚不俐落，更教人看得心驚，也就因此，當他走著的時候，母親嚴禁我靠近，更不准我跟別的孩子一樣站在他的挑子旁邊吃。

每次看見他來了，我總是飛快地跑回家，到廚房拿碟子，再去跟母親要錢，然後站在門口等他過來。爸爸愛吃炸得較老的，母親喜歡嫩的，薛嫂子的丈夫都知道，他總是先把放在鍋邊鐵絲架上，已略略炸過的臭豆腐放回鍋裏，再撈出來擺在我的碟子中，然後拿著剪刀，把每塊豆腐都剪成四塊。

我最喜歡看他剪臭豆腐了，先是熱騰騰的、油滋滋地向外冒，冒出教人直流口水的味道，接著那焦黃的豆腐皮下，就露出白白嫩嫩且帶著小氣泡的豆腐肉，然後更有那淡黃色的大蒜末、黑色的醬油和鮮紅的辣椒醬。我最記得每次當我把繪彩的白瓷碟子交給他，並等著豆腐出鍋的時候，他總會就著晚天的微光，看那碟上的彩繪，沙啞著嗓子，一個勁地說：「這碟子眞講究、眞漂亮，就像我老家的，拿來裝我的臭豆腐，有點可惜了，有點可惜了……」說完便長長地嘆口氣。

◉

薛嫂子先生的臭豆腐挑子，維持了一年多，先是出現的次數愈來愈少，漸漸就再也看不到了。有人說是因爲他的舊傷加上風濕和氣喘，使他不得不停工；也有人說，那純粹是因爲他嗜酒如命的老毛病又犯了；而我幾次經過他家，都看見他坐在那唯一一間房子的門口，蹺著瘦伶伶的兩脛，手裏抱個白搪瓷的大漱口杯；當他沒醉的時候，還會跟我打個招呼，醉了則口裏自顧自地，嘰嘰咕咕地說著他家鄉的話。我有一回問薛嫂子她丈夫喝醉酒講些什麼，薛嫂子只很簡單地答了兩個字：「夢話！」

至於他爲什麼不再賣臭豆腐，薛嫂子則隻字不提，只是有些時被丈夫喝醉酒打傷之後，到我家來對著母親默默地掉眼淚。

「把大丫頭嫁了吧！妳成天為人家作媒，自己丫頭也不小了，何不減輕點負擔呢？而且女婿如果找得好，說不定還能幫幫妳！」有一次我聽見母親這麼對她說，並塞了些錢在她手上，薛嫂子便以小小的步子，悄悄地走了；只是過了幾天，早上隔著窗子聽見薛嫂子低聲對母親說：「沒辦法，我那討債鬼不答應，說什麼他沒了爹、沒了娘、沒了家，我居然還要把他父女拆散。」而當我上學經過屋邊她洗衣服的地方時，只見薛嫂子臉上青一塊、紫一塊地，那洗衣服的聲音，也似乎遠不如以前俐落有勁了。

◉

「薛嫂子的衣服洗得愈來愈馬虎，有些很容易洗掉的髒斑，第二天還在那兒。」父親最先提出他的感覺。

「大概是凊得不夠吧！」母親說：「她最近心情不好，錢欠得太多，身體好像也大不如前，老說胸口疼，怕是洗衣服太累，扭著了。」

話才說完沒幾天，薛嫂子就病倒了，消息是由她的酒鬼丈夫傳達的。記得那天早上，我們一家正吃早飯，我直覺得有人敲門，但那不算敲，簡直就像用手指在門上抓，「爲什麼不按電鈴呢？」母親說：「先在門縫看清楚是誰，再開。」

但是我直直地衝下台階，毫不猶疑地打開門，因爲我早看到門下露出的那雙一厚一薄，極不對稱的木屐。

他果然是在抓門，兩隻手肘都靠在門上，頭深埋在兩臂間，頂著門板，並沒有因爲我的出現而轉過臉，只低聲說了幾個字：「她不行了！」就扶著壁，背過身，一歪一斜地走了。

這是我最後一次看到他，竟然沒見到他的臉，印象中，只有那一高一低的灰布褲管，和他那像是頓點，又夾著嘆號的木屐的聲音。

◉

第二天，我放學回家，大門是敞開的，屋裏居然擠滿了人，母親衝過來將我一把帶開：「薛嫂子的丈夫昨天夜裏自殺死了，他們家裏窮，薛嫂子還躺在醫院裏，幾個有錢的媽媽正討論怎麼幫他料理後事。」

這時候，我才看清楚，客廳裏一群人正七嘴八舌地圍著中間一個十七、八歲的女孩問話，那女孩子瞪著一雙大眼睛，只是一個勁地搖頭。

「是拿米酒呑安眠藥自殺的，等早上發現已經來不及了！如果不喝酒，還可能救得回來。」想必是薛嫂子的一個鄰居，在旁邊摟著那丫頭說。

「早就知道他遲早會喝……」不知是什麼人，冒出這麼一句，但硬是把後面幾個字給呑了回去，接著便是一片嘆息聲。

「什麼都沒留下嗎？」

「什麼都沒有。」薛嫂子的鄰居說，但是那女孩子卻窸窸窣窣地掏出了張紙，被旁邊的人一把搶過去。

「寫些什麼？」大家異口同聲地問。

那人看了半天，搖搖頭，又被別人接過，仍然沒能認得出，只好再傳了下去。

「喝醉了，說不定是亂畫的，這根本就不是字嘛！是符！」幾個太太忍不住地隨著尖聲笑了出來。

字條一直傳到母親手裏，她看了又看，突然轉身跑出去，直進對門陳教授的家，我知道她是去問陳爺爺的；陳爺爺的字寫得漂亮，因爲父親曾經特別託人從香港帶紙，再送去給陳爺爺寫字。

母親一下子便跑了回來，七嘴八舌鬧哄哄的場面，倏然變得安靜。

「陳老先生說，這不是符，這是連綿草，寫的是——我對不起我妻子，寧願先走一步！」

大家都楞住了。

「陳老先生說，薛先生的字寫得好極了。」

「薛先生」，這是我第一次聽見，有人居然稱那酒鬼、討債的、賣臭豆腐的瘸子

——「薛先生」。

雖然這已是三十年前的事，但是直到今天，即使在異鄉的美國，每當我在蒼茫的暮色中經過一條小橋，總覺得有個瘦瘦長長的身影，正挑著臭豆腐的擔子，顫顫悠悠地走來：

「臭……豆腐乾……」

葬花物語

牡丹和薑花是我最愛的兩種花，前者是童年時的憧憬，後者是成年時的回憶。憧憬的花，而今已在我的小園中；回憶的花，總在我返台時，插在花瓶裡。花落花開最引人遐思，以下這兩篇小說，就寫那遐思的種種。

【葬花物語】

這花，居然也要刺激、要虐待、
要火烤與冰凍的無情手段？
突然想起憑欄賞花的黛玉，
一陣輕咳之後，從蒼白的臉頰上，
浮起的那抹紅暈……。

牡丹緣

第一次看牡丹，是在大二的時候，一個女孩站在門外，踮著腳，隔著七里香的圍牆對他喊：

「送你一朵牡丹，百年難得的機會！」

一向愛畫花，卻從沒見過牡丹的他，飛也似地奔出去。

女孩子果然拿著一朵粉紅色的大花，團圓飽滿地，舉到他面前：「有好幾百片花瓣，花了我一個禮拜的時間！」

◉

次年的早春，眞有牡丹展了，在臺北新公園，展出由日本空運來的牡丹。他帶了寫生簿去，在人群間被推來推去地寫生。

那牡丹與他過去想像的不同，想像中牡丹總是端麗富貴，有著千百層的花瓣、濃郁的香氣和繁密的葉片。可是展出的十多盆花，不知因爲氣候不對，抑或營養不良，那葉子貧弱得只有孤零零地幾小片，花瓣也不見如何團簇；至於香味，倒有些像是夏夜裏綻放的曇花，不是濃郁，反帶著幾分冷冽。

他開始對家裏牆上掛了幾十年的《富貴長春圖》有了懷疑，那一朵強似一朵的顏色，紅、粉、黃、紫、橙，象徵五世其昌的五色大花，和代表多子多孫的花苞，怎麼可能是眼前這怯生生的盆栽？

◉

再見到牡丹，已是兩年之後了，雙溪公園的長廊上再度展出由日本送來的數十盆牡丹。他帶了攝影記者去採訪，由於是專招待新聞界，使他能慢慢地在花間穿梭。

這一次的牡丹進步多了，葉子比較茂盛，花瓣也來得繁複豐厚，一層疊著一層，薄如蝶翼的各色花瓣，從較暗的長廊間望去，由於外面的天亮，逆光看來是那麼剔透。

不過倒使他想起女孩子舉到眼前的那朵花，用薄薄的通草片剪成的花瓣，大大的、團圓的，沒有一點殘破，卻給人一種雖完美，卻沒有生命的感覺。

是因爲太完美了，所以變得有幾分假？抑或象徵富貴的牡丹，本來就如同富貴人家一般，常有幾分虛僞的感覺？

這種感覺不止他一個人，當照片沖出來的時候，照相館的小姐驚嘆地說：

「是誰做的？這麼多緞帶花，好漂亮啊！」

「那是牡丹！我照的。」

小姐先一怔，接著嘆口氣：

「原來牡丹是假的！」

◉

隔年的春天，又看到牡丹。是在「臺北賓館」的花房，由阿里山上抬下來的大株牡丹，據說有十幾歲了，是早年日本人送給總統的好品種。

還沒走到，就已經嗅到一股撲鼻的香味，這次是濃郁的，甚至有些令人昏沈欲醉。

十幾朵比碗還大的粉紅色牡丹，聚生在一棵肩高的樹上，每一朵都是怒放，平均地向四方開展的花瓣，一層疊著一層，教人數不清。中心色深，愈靠花瓣邊緣的色彩愈淡，眞像是惲壽平筆下的沒骨花王。只是這麼多大花聚生在一棵樹上，反使人不知從何欣賞；而且左看、右看，都像是在看同一朵，只因爲每一朵都是那麼完美，竟完美得沒有區別了。

他開始懷念新公園展出的那些貧弱的小牡丹，每一盆只有一枝花；每一朵花，只配幾小片扭扭轉轉的葉子。

◉

到美國的第一個春天，正是鄉愁最濃的日子。有一天他在丹維爾美術館外等朋友開車來接，突然嗅到一種熟悉的味道，好像曇花涼涼的幽香，循著望去，竟然看到一大叢白花。

那花很重，使細細的枝莖無法支撐，而彎垂向地面，但是每一朵都見千百層，不正是牡丹嗎?只是在庭院的一角，七倒八歪地，比起人牆間高高供著的盆栽，感覺自是不同。

第二天，他爲那牡丹照了一大卷相片，大概因爲花太白、太亮，沖出來，只見一團團的白，卻難以看清其間重重的花瓣。還有，在細細比較之後，他發覺那白牡丹的葉子要比在雙溪公園展出的窄長，近蕊的花瓣也細碎得多。

直到紐約，經懂花的朋友指點，才知道自己拍的是芍藥，不是牡丹。

「芍藥是草本，牡丹是木本，雖然英文名字都叫Peony，但芍藥是Herbaceous Peony，牡丹則稱爲Tree Peony，她們的花很類似，香味也差不多，只是葉子有些分別。還有，就是芍藥的草本莖比較細弱，所以花朵常斜垂；牡丹較強勁，雖然花開很大，仍然能挺立著。」

花開得再團圓飽滿、富貴榮華，如果莖不強，還是當不起，只能算個花后，而不能稱王。

自從他認識了芍藥，每年春天看到的芍藥也就多了起來。倒是當他在中國人聚會的場合，提到芍藥，發覺許多在紐約住了十幾年的同胞，居然不曾注意有芍藥的存在。

「只見過一大片一大片的玫瑰，沒見過芍藥。」他們笑笑。

是因為生活的忙碌，使他們無暇注意周遭美好的事物？

還是許多美好的東西，得經過人們提示，或被尊貴地供養之後，才能被發覺？

◉

至於那富貴的牡丹，在紐約則難得見到，直到有一天，他的學生琳達，帶了兩大朵牡丹到堂上來，才知道居然在學校左鄰的巷子裏，就有一大棵。

「我早就注意到了，每年都開，但是要去得早，趕著把剛剛綻露，還沒盛放的花偷折下來，否則隔天就不見了。」

「好不容易，一年才開一次，不應該偷吧！要是被屋主抓到了怎麼辦？」他說。

「你不偷，別人偷，誰讓他在前院種牡丹，只好任人偷了，自己永不得機會欣賞！」

「美國人不是不亂偷花嗎？」

「但是偷牡丹！」學生說：「因爲太美也太少了，而且我們不說偷，只說借borrow！」

◉

從此他下課回家時，常特意繞道，從那有牡丹的人家門前走過，雖是無花的季節，他仍然認得出牡丹的葉子。那巧妙地合於一種數學公式，稱爲「二回三出」的羽狀複葉；從花到根，有著奇數的累進變化。

除了花開的時節，牡丹竟是那麼平凡。她以三個季節去積蓄養分，再以半個季節去接受冰雪，在皚皚的雪中屹立著，如同幾根枯死的小樹枝。卻在最早春探出新綠、快速榮發，綻放出那耀眼的富貴花。

這樣說來，牡丹還真算是富貴花嗎？至少那富貴是來自平凡。

◉

似乎冰雪還沒融盡，牡丹已經從木本枝頭的褐色鱗芽間探出消息，先像是合十的纖纖玉指，一雙雙地向上擎舉，漸漸舒展開來，露出中間深藏的小花苞。

每天經過，那花都有很大的進步，花苞飄帶似的葉片向四方伸展，苞片護著的蓓蕾，漸漸長得像個小桃子。有時候他會試著用手捏一捏那些小桃子，竟然硬硬的，眞如同一顆顆生澀的青果。

其間也曾偶飄些細雪，卻都無損於那已將近繁茂的牡丹，反在葉梢染上幾分淡淡的嫣紅，更出落得有韻致了。

終於有一天，他發現那苞片微微綻開半線，中間透出紅粉的紗衣，湊近鼻子，已經泛出一抹暗香。他知道快是下手偷的時刻了。

果然次日，那小桃子似的蓓蕾，突然擴大了一倍，蓬蓬地，在苞片的中心，露出了一個小口，窺見其中像是千層山楂糕似的花瓣。他想偷，但是伸了幾次手，又半途收回了，覺得四周每一戶人家的帘後，都有著虎視眈眈的眼睛。這大學教授，如果被人當做小偷送警，該有多丟臉哪！

當然他可以拿出自己的寫生冊，解釋偷花的原因，甚至畫一張牡丹送給屋主。但想想，還是難脫偷的行爲。

◉

最後，他還是決定前去按鈴，請求屋主贈送一枝，如果不願意，買也可以。盼了這許多年，即使付再多的代價也要帶一朵牡丹回去研究。

應門的是個白髮的老太太。

他道明來意，並打開牡丹寫生冊。老太太居然轉身回房——拿出一把剪刀，領著他，半跑到牡丹的前面，毫不猶豫地接連幾剪，把將開的幾朵全剪了下來，他想阻止都來不及了。

老太婆將一大把牡丹花交到他的手上，那重量彷彿抓住了半棵牡丹，令他羞愧地不知如何是好，卻聽她笑著說：

「幸虧你今天來，如果遲一步，半朵牡丹都見不到。我幾乎沒有一年見過盛開的牡丹，每次都未開滿，就讓人偷走了，要拿就快呀！」

他怔住了。不知那老女人是豁達，還是無奈與自棄。在這世上擁有美好的權利，竟然如此薄弱？

如果牡丹代表的是富貴，這富貴就一定幸運嗎？許多富貴的人，也是最無法享有富貴的人。

◉

他把摘回的牡丹分插在好幾個瓶子，因爲只有這樣，才能看淸每一枝花葉的姿態，反比大叢糾葛在一塊，來得美。

他細細地先用鉛筆描繪了每一朵花，且隨著花朵的綻放，而不時記錄。待一星期過去，花朵凋零的時刻，竟然積下了五、六十張的寫生稿。

每天夜裏，閉上眼睛，前面迴旋閃動的，全是一朵朵的牡丹，覺得自己彷彿置身牡丹的花海，漸漸浮盪在那花瓣飄搖的海中……。

花瓣們確實開始凋落了，有時候可以清楚地聽見，那聲聲無奈的嘆息。

他把花瓣一片片攏聚起來，放在玻璃盒子裏。依然是那麼馨香、那麼晶瑩、剔透，雖然凋，卻不殘。或許正是英雄與紅顏，未見白首的辭世，更堪人們惋嘆。

注視著盒中的花瓣，他突然驚悸了。一下子將整個盒子傾倒過來，再把花瓣一片片排列在案上。所見到的，居然難得有幾片邊緣圓滑完美。

寫生了那麼多，只覺得牡丹的變化多端，乍看雖然團圓富麗，花瓣的轉折卻姿態萬千。豈知眞將花瓣攤開，才發現那變化的美，實在是由於花瓣的缺裂。

那缺口，也是一種完美。因爲她缺，但缺得巧妙，只覺得是造物主故意安排，每一瓣都不同，大間小、小間大，有些甚至成爲雙生的樣子，或摺疊在一塊兒。

原來這富麗的花王，正是由那許許多多缺裂的花瓣所構成，如同人間的完美，往往有許多缺失與矛盾。

◉

當琳達來訪的時候，他的瓶裏只剩下最後一朵近於垂頭喪氣的牡丹了。

「原來是教授借了來，怪不得我今年撲個空！」琳達尖聲叫著：「怎麼全凋了呢？沒有燒過嗎？」

他不懂。

「哎呀！教授啊！對於剛摘回來的花，你應該先把花莖的尾端在火上烤一下，讓這花嚇一大跳。再把花用塑膠袋裝起來，放到冰箱裏凍兩個小時，讓花又受個刺激。」琳達說：「保險她的壽命會延長許多。」

說著，琳達居然小心地拿出那已將殘的最後一朵牡丹，逕自到爐邊烤了起來，又接著向他母親要了一個塑膠袋，把花送進冰箱。

想那花本來也拖不過當天晚上，他就存著看熱鬧的心情，沒去阻攔。

晚餐時，他突然想起冰箱裏的牡丹，拿出來，塑膠袋上已經罩了一層白白的霧。

他小心翼翼地打開封口，抽出花莖……。

那原本花瓣下垂，眼看要凋的牡丹，居然容光煥發得彷彿初綻一般。

他笑，笑得有些呆，竟不敢相信那是事實。

這花，居然也要刺激、要虐待、要火烤與冰凍的無情手段？

但畢竟，她出落得更美了！彷彿冰雕的、玉琢的，一種無比脆弱的淒美，使人竟不敢言語，惟恐打擾了那尊貴與安詳；更不敢凝視，只怕她會從眼睛裏融化。

突然想起憑欄賞花的黛玉，一陣輕咳之後，從蒼白的臉頰上，浮起的那抹紅暈……。

◉

第一次看見柯達，是在他畫展的酒會上，盛裝的男女賓客間，居然有一個雙腿修長，穿牛仔短褲的女孩，手裏捧著堆滿點心的盤子，站在他畫的牡丹花前，眼睛盯著畫，嘴裏不停地吃。

這不是一個應邀的賓客，而是混在人群中，專門來吃點心的『食客』，再不然就是哪一位中國家長的丫頭，跟著父母一塊來，既然看不懂畫，就假裝欣賞，實則大啖……。他心想。

但是第二天、第三天，不再有酒會的茶點招待，那個大女孩依舊出現，而且每次都是站在牡丹圖畫前。

一直到第四天，他忍不住主動開口，自我介紹之前，都以爲她是個精神病患。

「噢！你就是畫家。」女孩大方地伸出手：「我叫柯達，就是柯達公司的那個柯達，但是我實際並不姓柯，只是到美國的第一天，聽人說柯達公司好大好大，所以給自己取了這麼一個英文名字，就叫柯達。不是挺好嗎？」

往後的日子，她還是經常出現，也總是站在同一張畫前凝視，漸漸竟與他熟稔得無話不談了。

「我喜歡你的牡丹花，因爲在我的家鄉，就有著成片的牡丹花田，我的爸爸、哥哥、叔叔，都種牡丹，哦！應該說是爲公家培植牡丹。那種類可是比你畫上的多太多了！有姚黃、魏紫、夜光白、金繫腰、洛神，上百的品種呢！

「那花，也有很多比你畫的大得多，層疊地起著樓子，中間的大蕊變爲成千上百個小花瓣，團團密密地擠在一塊，尤其是那深紫的花，看來密不透風，彷彿一個亂線繞成的紫毛線球……。

「雖然你畫的多半只是淡粉紅色的，但是我喜歡，因爲你不像許多人畫得那麼艷麗而完美，我看得出，你確實寫生過牡丹，那花雖然團圓飽滿，但是有變化，也有殘破的花瓣，那才是眞正的牡丹。眞正的牡丹，使我嗅得到香，用我的眼睛嗅，也使我想家。」

畫展結束前，牡丹賣掉了，但是他另外畫了一小朶，送給柯達。而每次提筆畫牡丹，他常想起那個雙腿修長，白裏透紅、圓圓臉，卻總是在笑容背面，帶著一抹愁緒的，來自牡丹之鄉的女孩。以及她說的：

「我家鄉的牡丹雖然好，但是最好的牡丹園，只有特定的人能夠進去，它們被鐵欄杆、竹籬笆，一層層地圍著，還有許多做研究或品種改良的花，被塑膠袋罩著，這種牡丹，就算美好，又如何呢？對花、對人，都是一種遺憾……。」

不久之後，柯達嫁給了一個美國人，這是她留在新大陸唯一的方法。他送的賀禮之一，則是自己剛出版的《牡丹芍藥畫譜》。

◉

「我們發現牡丹園了，就在長島不遠的地方！」

有一天上課，才進教室，美國學生就遞上一份剪報，果然上面印著一位美國老人，站在成片的牡丹花間。

雖然報上有地址，他還是找了兩個多鐘頭，才摸到那個在林蔭小道深處的住家，應門的正是報上載的白髮老人。

老人領著他穿過盛開的石楠花道，成百朵牡丹花呈現眼前，在後面深暗林木的襯托下，那些花朵顯得特別明艷。

老人家養牡丹已經有十幾年了，大部分的花都是由日本引進，由於牡丹並不適於接受全天的日光，所以老人特別在杉樹林間闢出一長條空地；又爲了適合牡丹喜燥惡濕的生長習性，而用厚厚的木板，圍築成一呎多高的花槽，再於其間塡土、種花。

「起初只是嗜好，漸漸愈種愈多，也就開始成爲了一種事業，接受大家的郵購。」臨別時，老人拿出一本彩色的郵購目錄，有各種品目的照片，居然是臺灣印刷的。

他也買了兩株，老人將花從槽中一把拔出來，連泥土也沒包，就裝在塑膠袋裏交給他：

「回去挖個一呎左右的坑，最好旁邊有些高的植物，能夠偶然遮蔭，再買「五十十」的肥料，與泥土攪拌在一起，把花種下去就成了，明年一定開花。」

他照樣做了，並在牡丹花的四周圍上小小的白色柵欄，又千叮萬囑，叫孩子不准再到後院玩球，家人走路也都要當心，免得傷到那珍貴的牡丹嬌客。

但是第二年牡丹沒開，第三年早春才冒芽，就有一棵好像出痲疹發不出來似地，只伸出兩片小葉，便枯死了。剩下的一棵，也只是開了一朵袖珍的小白花，如果不先知道，眞是難以辨識，那零零落落十幾片花瓣的小花，會是象徵富貴的牡丹。

每天站在那一小棵牡丹前研究，他想必是因爲曬了過多的太陽，於是在牡丹的前後，種下兩棵向日葵，使那大大的葉片，可以爲嬌客遮蔭。又想死掉的一棵必是因爲泥土太濕，於是又在剩下的一棵四周挖下深深的漕溝，並延伸到牆外的樹林間，每次大雨過後，更拿著鏟子，幫助雨水迅速流出去。

第三年的早春，牡丹雖然長出豐茂的葉片，但是居然沒有半個花苞。他實在忍不住了，打電話給長島的老先生，傳過來的是電話錄音，說那電話已經被取消。

他匆匆忙忙地開車過去，找到原來的路以及那棟林蔭間的兩層白屋。屋主竟然換了，新屋主說老先生過世之後，親戚把房子以高價脫了手，至於牡丹，則不知了去向。

他又想起學校附近的那棵大牡丹，三年來由於自己種了牡丹，一心只放在自己的後園，早已將那曾經時常叩訪的人家遺忘。此刻突然想到，說不定能再要到一大把粉色的牡丹，而急急趕去。

他的車子繞了三圈，卻找不到那有牡丹的人家，實在應該說，他找到了人家，卻看不到那棵大牡丹，只見一個中國人在原有牡丹的地方耙土種菜。

「請問您這裏原有一棵很大的牡丹，到哪裏去了，是死掉了嗎？」

「我前兩個月才新買這棟房子，沒看到什麼牡丹，只見兩棵枯樹在這兒，所以把它剷了，打算種一點蔬菜！」

天哪！那人居然不知道在冬天枯得精光的小樹，正是早春可以綻放的，無比端麗的牡丹花。他幾乎有一種要頓腳搥胸的悲憤。

他恨，恨為什麼舊屋主不叮囑下一位購屋者，在院中有那麼一棵無價的名種牡丹。更恨這有眼無珠的同胞，竟不能認出那尚未榮顯的國色天香。

◉

或許因爲東風西漸，聞名世界的紐約大都會美術館居然以「春花秋月」爲題，集惲壽平等人的花鳥山水，印成了一本桌曆。

他是美術館的會員，得到通知之後，連郵購都等不及，便趕往曼哈頓的館裏買。

那是一本在歐洲印刷，極爲精美的小冊子，每一幅畫都配有說明，但是當他翻到芍藥的圖畫時呆住了，因爲那說明印的是牡丹；再往下翻就更是生氣了，因爲明明是芙蓉，卻也被冠上了牡丹之名。

經過數日的思索，他忍不住打電話給美術館負責的主編，很客氣地告訴他們這個明顯的錯誤。對方也非常有禮貌，不但在電話裏致謝，並且回了一封信。只是用詞雖然客氣，卻表示所有書中的花卉，都是由植物學的專家鑑定，絲毫沒有認錯之意。

十多年來對牡丹那種說不出執著的愛，使他忍不住地再詢問美術館，並舉出自己的看法和原因。對方像是有些遲疑了，把責任推給了兩位國際知名的植物學家。他立刻撥電話過去，其中一位出國，另一人則表示願意再研究，也沒有認錯之意。

或許因爲從事新聞工作多年，有著那麼一股追根究柢的衝力，他繼續不斷地追索答案，並將資料寄給紐約的兩大植物園和國內的歷史博物館。其中一所植物園似乎頗有顧忌，推說由於惲壽平的作品，只是繪畫，難免與眞實有出入，所以難由一花一葉間鑑定品種；另一所植物園，則較支持他的看法。最有力的幫助還是來自故鄉，歷史博物館以英文函對他的觀點表示了肯定。

只是令他深深不解的是，他的美國朋友，居然都建議他最好不要跟大都會美術館，繼續這場在當時已經持續一年的論戰。

「他們是聞名世界的學術重鎮，你只怕打不過，而且你自己學藝術，得罪了沒有好處！」眞正令他生氣的是，在他們忠告的背後，似乎也對他的看法表示懷疑，只爲了他們認爲大都會美術館那樣偉大的地方不太可能出錯。

問題是，眞理永遠是眞理。但在朋友的勸阻，和漸漸軟化的大都會美術館專家的反應下，他畢竟將事情放在了一邊，沒有繼續他的論戰。

直到有一天……。

他再到美術館參觀，赫然發現那本原是桌曆的「春花秋月」，被改成了電話簿，而在其中，那早有的錯誤居然仍舊一字不漏地被重複。

隔日，他就抱著一疊厚厚的資料拜訪了「春花秋月」的主編，他們很愉快地做了通盤的討論，只是在臨走時，他留下了一句話：「每一個人都可能犯錯，我只怕自己弄錯，會害了學生，所以無論如何，請你們在研究之後，給我一個答案，你們對，還是我對？」

不久，他收到了大都會美術館的回函，經過一年多的論戰，他的牡丹、芍藥之戰，獲得了勝利。他興奮得幾乎落下淚來，因爲他爭得的不僅是「正名」，也爲中國藝術家的寫生態度，爭得了肯定。

◉

到達美國的第九年，他已經是半頭華髮，早年種的牡丹，已長高了一呎，春來能開出三朵碗大的花。他並且在院子臨樹林的一側又種了十棵芍藥、兩株牡丹。

春寒料峭的早晨，他常一起床，就衝到後院，探訪那幾株名花，看著它們從殘雪中探出帶紅的嫩芽，以及在那麼早，便已經可以依稀辨識的小小的花苞。

他甚至把孩子叫到後院，指著園中三棵牡丹和成叢的芍藥說：

紐約大都會博物館不辨菽麥

桃花指為寒梅芍藥誤做牡丹

去年出版「春花秋月」畫册週曆貽笑大方

劉墉發現錯誤蒐證辦理·令美籍專家啞口無言

【本報記者蘇人駿紐約訊】花了一年多的時間，費了九牛二虎之力，經過多方求證和數度折衝樽俎之後，畫家兼教授兼記者的劉墉憑著一股不屈不撓追求真理的精神終於迫使紐約大都會博物館承認自己的錯誤。

去年八月底，紐約大都會博物館出了一本「春花秋月」（Spring Flowers and Autumn Moons）的畫册型週曆，裏面一共蒐集了五十幾幅中國歷朝畫家的作品，舉凡惲壽平、文徵明、錢選、王寵、王原祁、文伯仁、金農、羅聘等名家的山水花卉，都在收藏之列。

劉墉本來就是大都會博物館的會員，他在收到這本週曆的出版通知之後，立即便跑去買了一本回家仔細觀賞過。

這一瞧，可讓劉墉看出了幾個毛病。

原來，劉墉對於花卉一道素有研究，尤其對於牡丹芍藥更是鑽研獨深。他曾於四年前出版「牡丹芍藥畫譜」，復於去年暑假中出版了「劉墉花卉寫生畫法」。在這兩本書中，劉墉把每一種國畫中常見的花卉都用科學的方法作了詳盡的介紹、剖析，然後才談到用筆著墨之道。

在大都會博物館出的「春花秋月」畫册型週曆中，劉墉發現了下列三項錯誤：

㈠在二月十二日起首的那頁上，說明寫的是「盛開的梅花」，並稱梅花在寒冬中綻放，是堅忍的象徵，但對頁的一幅畫，畫的卻是一株帶葉的桃花；

似是而非

大都會博物館出版的「春花秋月」畫册式一九八四年週曆中錯把木芙蓉(Cotton rose hibiscus)註釋為牡丹(tree peony)。

了兩位經過極力推薦的專家，我們相信他們的判斷。」

劉墉在收到這封信後並不死心，便直接去大都會博物館打聽這兩位「經過極力推薦的專家」是誰。果然皇天不負苦心人，他打聽出來這兩位專家是在布朗士植物園任職的摩里士與艾佛略特。這兩人皆曾出版園藝方面的著作，在美國學界頗有名氣。

劉墉透過第三者把他的意思向艾佛略特表達，但後者一口咬定他的註釋並無錯誤。在無可奈何的情形下，劉墉乃轉往蒐證方面下功夫。他把許多中國畫家畫的花卉（如唐寅的「臨水芙蓉」、呂紀的「秋渚水禽」等）和台灣省農林廳出版的「台灣

些花卉照片一股腦兒寄給摩里士，並跟摩里士前後通了四次電話。最後，摩里士在電話中承認劉墉也許是對的，他並稱他必須跟艾佛略特就此事作一商量。

到了今年三月，劉墉看此事沒了下文，乾脆一不做二不休，想出了個新辦法。為了怕畫册的圖片太明顯，容易為人一眼辨認出處，他把畫册上有問題的三張畫拍成照片，並配合實際的照片，寫信去向布祿崙植物園的專家請教。布祿崙植物園在回信中稱其中的一幅畫的確看起來是木芙蓉。好不容易有了這一點成果，劉墉又如法炮製，在今年六月裏又把資料照片寄去皇后區植物園請求該園的專家協助辨認，皇后區植物園在回覆中同意劉墉所提供的兩組照片第一組是桃花而非梅花，另一組則是木芙蓉而非牡丹。

有了這些回信之後，劉墉心中大樂，他想：「這下子美國的植物學家們自己要跟自己打架了。」然而，他並不以此為滿足，趁著暑假回台出版「劉墉山水寫生畫法」之便，他又把所有資料帶給國立歷史博物館館長何浩天。何浩天轉向師範大學美術系的花卉專家金勤伯請教之後，作出書面答覆如下：㈠桃花開的時候葉子已成長，而梅花開放的時候葉子尚未成長，故一圖應為桃花；㈡芍藥葉子狹長，故二圖中應屬芍藥無疑；㈢木芙蓉是單葉，牡丹是複葉，故而三圖是木芙蓉而非牡丹。

劉墉雖然有了這三份文件，但他這時為人師表的威信已幾乎蕩然無存，原來在聖若望大學跟他學畫的學生大多數都相信大都會博物館的權威性。這時，無巧不巧，大都會博物館在今年九月又出版了一本以中國繪畫作插圖的地址簿，裏面赫然又把桃花當成梅花，芍藥當成牡丹！

劉墉至此忍無可忍，遂攜同所有資料、照片同信件拜謁大都會博物館主管白綠畫册的莎莉·賽蒙，經過一番質疑對證之後，終於無話可說。

今年九月廿八日，劉墉在信箱中收到一封大都會博物館寄來的信。信很短，在「親愛的劉教授」之後，莎莉·賽蒙謝謝劉墉的指正，並列出三處錯誤及應該修改正名的方式。

聯邦抵押貸款協會研擬推出新式房貸計劃

利率依據公債按年調整

較三十年固定方式為低

【本報綜合報導】「聯邦國家抵押貸款協會」正計劃推出一項新的房屋抵押貸款

日起，他們將展開一項促銷計劃，以推廣這項新的房屋抵押貸款計劃。「聯邦國家

在這項新的房屋抵押貸款計劃之下，利率將根據財政部一年期公債利率指數每年

高利率以及每月增加的分期付款已愈來愈有負擔不起的感覺，因此我們決定推出這

到這項新房屋抵押貸款的頭五年，顧客每月的分期付款將維持不變。在五年期滿之後，顧客必須與貸款

巨人張英武享年六十

形影相弔居

孤獨落寞大

【台北訊】巨人張英武終於逃不過病魔……日下午病逝榮民總醫院，享年六十三歲。……人，榮總的醫師很希望能徵得張英武……屍體解剖，以期能對「巨人症」有所瞭解……體並無人認領。而死後成為一大標本……武生前最擔心的一件事。

身高兩百二十公分，體重一百四十……，多年來一直患有糖尿病及高血壓……布「重症病危」後，又神奇的逃過死神……二十七日，他又因老毛病復發，送進……昏迷到一日下午終告不治。

榮總醫師王道輝說，張英武是死於……起於他腳上的傷口引起，由於他患有高……環差，傷口癒合不易，……感染後……死。

內分泌功能室主任何橋進一日很……

△美國的中文報紙大幅報導了我與大都會博物館的論戰。

「你看這一株牡丹，比另外兩株的葉子長得都茂盛，那一叢芍藥間，則有幾株的葉子最先開展，它們與其他株的不同處是什麼呢？」

孩子一時答不上。

「你過去注意看看，凡是葉子比較弱的，在他們的葉心間，大概都藏著幾個小小的蓓蕾。

「僅僅是那麼幾朵啊！全株卻要分擔多少營養，支持著它們成長，才能長成像是小桃子般的花苞，綻開那只能持續幾天的花朵。」

如此說來，那牡丹豈不是追求完美，而獻身無悔的藝術家？

◉

到日本東京的中禪寺，原爲賞梅，卻沒想到能見到這令人震撼的畫面。

元月十號，在日本北方，猶是臘月冰封雪凍的日子，上野美術館門可羅雀，廣大的庭園裏正飄著細雪。濛濛可見中禪寺的塔尖，剪貼在灰黑色的天空上。

何不去中禪寺避避風雪，已經凍得手腳發麻的他，匆匆地穿過松柏的小徑，還沒到塔下，卻看見寺院外的牆上掛著一幅奇異的圖畫。

其實那是一張照片，只是怎麼看都不可能眞正存在，反而像是張虛構的圖畫了。上面是一株剔透晶瑩的牡丹，在厚厚白雪的簇擁下綻放。

他毫不遲疑地買了門票進去，不知是特爲展覽，抑或原本如此，寺間的庭院被彎彎曲曲地安排成迴廊的樣子，赫然在那白雪覆頂的廊下，正有著數十朵玉琢冰雕的團圓之花怒放。

就如同長島老人種牡丹一樣，那些花都被高高地植在木板架成的槽子之間。園內青石板道上的雪，雖然已經被賞花人踩得零落，花槽上仍然積著白雪。就在那厚厚的白雪之間，居然能有如此神妙的景色。

那牡丹已經不是花，而是一個個小小的花神，或是乖巧的精靈，她們的頭上都架著用茅草編成的「帽子」，彷彿長長大大的斗笠和蓑衣，用來遮蔽風雪。蓑衣後面深垂到地面，於是看來又像是一個個褐黃色的小舞臺，臺上演出最早春的頌歌。

◉

是什麼力量，使她們能在這人們都無法消受的冰寒中綻放呢?莫非中禪寺也模仿了楊貴妃，徹夜地燒起炭火盆?還是因爲這些花屬於特殊的品種，天生便要忍耐孤寂與酷寒，在百花仍睡眠時，卻要提早展示她的華貴?

但那豈是華貴，實在是殉道者的聖潔與苦行僧的清寂呀!

葉片是瘦弱的，怯生生地仍未完全開展，顯得其間那如盤似月般，朗朗照人的瑩潔之花，更脆弱悽美得彷彿禁不起半聲輕咳了。

他又想起琳達用火烤、冰凍來對待牡丹的殘酷，與造成的神妙效果，漸漸對這花有了許多同情;也想起自己十年來的海外漂泊，站在風雪裏等車，車來時才發現已經身陷雪中，舉步維艱的日子……。

還有那少年時代女孩子手中的通草花、新公園裡由日本渡海而來的牡丹展、丹維爾垂向地面的白芍藥、送他大把牡丹的老太婆、擁有滿園繁花，一朝人去園蕪的老人·，和柯達故鄉，那萬紫千紅的牡丹……。

△每年牡丹盛開的時候，也是我最忙碌的時刻，忙著照顧花，更忙著寫生。

【葬花物語】

模糊的淚眼中，
那蕩漾閃爍的水，拍打缸邊的浪，
和撕碎了的光光點點，
彷彿正是兒時記憶中那魚被釣離水面之前的鼓動。
生命的掙扎啊！

生命中的野薑花

一

每一次見到薑花，甚至只是經過花店，嗅到那隱隱約約，似有似無的香味，就使他想起童年的河，以及屬於薑花的往事。

那時候他才剛上小學，喜歡釣魚的父親，總在下班吃完晚飯之後，把他往腳踏車前櫃的小籐椅上一放，再將魚簍子和電石燈夾在後座，然後一手把龍頭，一手執釣竿地上路。

他們的車子趕在天邊最後一抹晚霞消逝之前，穿過東彎西拐的巷弄，再經過一條野草蔓生的小徑和竹林。到溪邊的時候，月亮常已經隔著煙水，在對面的山頭出現了。

◉

父親每次釣魚都在同一個位置，左邊有著向前伸展的土坡，右邊是一片淺灘，再過去是較高的河岸，據說魚兒最喜歡聚集在這種小水灣的位置，尤其是坡下的那片薑花，一直伸展到水裡，更是小魚滋生的好地方。

不僅在同一個水灣，父親甚至連坐的地方都是固定的，原因是左右都有釣友，長期下來，每個人自然而然地找到了定點。不用說，哪塊石頭就必當是某人坐的，即使今天那人缺席，別人也不得侵佔，因爲誰敢說那人不會在夜裡十二點趕來呢？

相信那裡的每一個人，都是這樣沈迷於釣魚的，他們徹夜守著釣竿，談著家鄉的往事，即使一條魚都不上鉤，也沒有半句怨言。

在大人們聊天的時候，他喜歡一個人四處串，如果有著亮亮的月色，小沙灘是最好的遊處。藍藍的月光下，可以看見細細的水波，像是姥姥額上的皺紋，一笑一笑地，向著水邊拂來；也有些小魚在淺水處成群地漂游，只要游到某一個角度，由於月色的反光，就如同一串穿了線的銀針，在深藍的水綢上織過。

◉

當然最美的還是釣到大魚時，看那魚出水的樣子了。每次聽到大人們的叫喊，他總是飛奔過去，只見遠遠釣絲牽處，水面先是有些鼓動，漸漸鼓動向前沸騰，益發激盪得厲害，突然間咱喇一響，一尾精雕細打的銀鱗，已經躍水而出，四周也彷佛倐地亮了起來。飛濺的水花、四散的波紋，全因這一尾銀鱗的飛騰轉動而閃閃生輝。或許就是爲了這一刻吧！讓大人們死心塌地的守著。

有一次父親在魚出水時，把釣竿交到他的手上，他緊緊地抓著，從釣絲那頭，傳來的是無以言喻的震撼，那是他第一次感覺生命的掙扎，如此強烈與悲情，而那掌握另一族類生命的感覺，又有著如此的悸動和狂喜。

◉

父親每次釣到魚都放進竹簍，再將魚簍半浸在溪水中，寂靜的溪邊，可以很清楚地聽見那魚掙扎的聲音。但是他記得很清楚，有一個從來不帶魚簍的老先生，每次釣到魚，就去溪邊拔一枝薑花，撕下長長的葉片，也不知怎麼一搓一絞就成了根繩子，把魚輕輕鬆鬆地串起來。

這時，他會過去將地上的薑花撿起，探到溪水裡，把花瓣上的沙土洗乾淨，並舉得高高地拿回父親身邊坐著。他喜歡看那月光下瑩潔的花瓣，裊裊柔柔的三個小膜瓣和中間的三個大瓣，透著月光，變成一種軟軟透明的淡藍色。大人們都說他是個愛花的男孩子，他們肆情地笑著，大概是說這樣的男孩子將來喜歡女生，豈知他心裡想的卻是：這麼美、這麼香的薑花，爲什麼卻用它的葉子，做那刺穿魚鰓的狠事呢？

◉

還有一件事，也是他不能了解的，就是用蝦子來當魚餌，大人們總是把電石燈懸在薑花近水的莖上，隔一陣子，拿著小網向水裡一抄，往往就能抓到好幾隻小蝦。他們毫不猶豫地用魚鉤穿過蝦子的頭殼，就在蝦子還在奮力掙扎，不斷揮動著細小爪子的時候投餌入河，據說這時候因爲蝦是活的，能引起魚的注意，所以最容易有大魚上鉤。

每次穿魚餌的時候，他都會背過臉去，極力不去想這件事情。但是他喜歡蹲在溪邊看那電石燈吸引小蝦的過程；四周高高的蘆花，彷彿成了個小樹林，在晚風裡葉子摩來摩去，發出沙沙的音響，還有那清芬的花香，使得臭臭的電石味也被掩蓋了。他也愛看那蘆花寬大的葉子，透著細密的平行脈，有時候葉子破了，卷著，卻還是那麼美，尤其在燈火的映照下，那綠，竟有些像是夢裡的，濛濛地，泛著一抹霧白。

通常到十點鐘，如果父親的釣興仍濃，就會把他叫過去抱在懷裡先睡。父親寬闊的胸膛和微微隆起，十分柔軟的肚子，以及母親千叮萬囑帶去的小毛毯，雖然在野外，卻覺得比在家裡的床還來得溫暖而舒服。他很快就能入夢，但是夢裡仍有著大人們不斷的講話聲、清脆的魚鈴、泠泠的溪水，和那幽幽的醉人的蘆花。

△以童年回憶畫成的「歸宿薑花溪」，畫很大，這是局部。

二

第一次在外地看到薑花，是二十六歲那年出差到香港的時候，他採訪到一條新聞，趕著送回臺北，卻在機場裡怎麼也找不到寄片的地方，碰巧有位空姐迎面過來，便趨前請教。女孩子十分熱心，親自帶他穿出客運大樓，沿著機場的邊道，走向貨運的地區。匆匆之中，他突然嗅到一種熟悉的香味，不覺駐了足，小姐詫異地回頭看他，他笑了，趕緊跟上去：

「我好像嗅到一股薑花的味道。」

「那有什麼稀奇呢？這裡多得是，因爲機場就建在水邊，你知道嗎？薑花最喜歡長在水邊了。」

她豈曉得，那正是他童年的花。

他順利地寄出了新聞影片，臨別，要了女孩子的電話。不過接下來的幾天，都因爲採訪工作的忙碌而未能撥過去，直到告一段落，才突然想起那女孩說要帶他逛逛港九。

◉

當晚突然颳起了狂風，還夾帶著豪雨，他依約站在旅館大廳裡等，又猜她八成不可能從九龍趕來，只怕打電話到房間沒人接。正焦急，她卻出現了，若不是她直直地走過來，他幾乎沒能認得出。換掉了空中小姐圓頂的帽子和制服，全然不一樣了，尤其當她穿著一身綠底白花的旗袍，在大廳柔和的燈光下，竟然是一片童年的水湄。

他們在華都酒店的頂樓晚餐，臨著高大斜角的玻璃窗，窗內是大廳中間的婆娑舞影，外籍女歌星的演唱和桌上平靜的燭光；窗外則是呼嘯的風雨，和香江的萬家燈火。

◉

大家都說香江的夜景最美，他想風雨中的應該尤其美，淒迷得有些如夢，那點點燈火對比著風雨，竟有些飄搖亂世而偏安海隅、歌舞昇平的感覺。

這不就是眞正的香江嗎？

如果你釘著遠處的高樓看，每一扇小窗中都有著一個故事，倏地幾盞燈滅了，幾盞燈又在同一時間點亮。當你驚覺到有些燈光消逝時，在那千百扇窗間，已認不出是哪幾戶人家；而當你意識到有些燈驀地點亮時，又已經無法辨認到底是哪些窗子。於是明明滅滅，每一刻在換，每一刻在變，那高樓總還是亮著，只是後來的，已不是先前的。這正是世間的人海，生生死死！

他突然想起已經死去十六年的父親。有一夜把他摟在懷裡，指著對面河岸釣魚人的點點燈火，在水裡顫顫地拉成一條條小光柱，所說的話：

「幾年來，那燈光似乎沒變，實際卻可能換了人。有兩個釣友，總在那兒下竿，前些時先後死了，但是又有後來的補了他們的位置，於是我們也就當他們還活著。

人死了，活的人只當隔了條溪而難得碰面，不就好了嗎？」
只是每回父親在深夜跟釣友小飲幾杯驅寒的時候，總不忘記灑些酒在溪裡：
「給對面的朋友——先走了的！」
那酒濃醇的香氣和薑花，融成一種說不出的味道。
她把酒斟滿，輕輕放在他眼前。

◉

第二天早上，前夜的風雨全過了。他們約好去九龍逛逛，經過香港隧道，她突然提議要爲他做午飯吃。
車子停在一個菜場的門口，才開車門，他就嗅到一股熟悉的香味，原來是由菜場裡一個賣花的擔子傳來。成把的薑花啊！高高地插在一個水桶裡。對於幾乎不曾上過菜場，也忙得難進一次花店的他，這景象居然有著幾分震撼。
每一朵都是那麼白，那是一種他自小就無法了解的白，他曾經試著把花瓣掐破，看看會不會有白色的乳漿流出來，見到的却是透明的汁液，而那被掐破的花瓣也便頓時失去了清香。然則是什麼使它白？又是什麼使它香呢？

他開始了解，瑩潔無損的美好，有時竟然會是一種短暫的、假象的存在。

他買了大大一把，賣花的婦人在把花交到他手上時，緊緊地多看了他兩眼，似乎不了解這個西裝筆挺的年輕人，爲什麼會買上那麼一堆野生的賤花。

大概許多人對薑花都有同樣的感覺吧！雖然它的花瓣結構像極了蘭花，那冷冷的香味又幾近於曇花，卻只怪它是那麼隨便，且大片大片地聚生在山邊、水湄，既不如蘭花的幽奇，又不如曇花的驚心。

如此，也就怪不得沒有人把它移回窗前供養，或徹夜守著花開了。

當他抱著花轉過身，正見女孩汗淋淋地跑回來，手裡提著大包小包的菜，才驚覺到，爲了那花，竟然忘記她的存在。

◉

他們走出菜場，看見不遠處聚著一群人，原來中間正有個走江湖的耍猴戲，那人拿著小鑼敲敲打打，間帶著吆喝，猴子居然十分人模人樣地應著節拍，做出許多滑稽的動作。

「看那猴子多聽話！」他說。

「我看不見得，否則也就用不著拴著繩子了，還不是怕猴子跑掉。」

這時他才注意到，果然那猴子的脖子上套了根細繩，雖然不斷地要把戲，繩子的一端卻總拉在戲猴者的手裡。

戲猴的已經白了頭髮，滿臉深深的皺紋，拉著沙啞乾破的嗓子，一臉跑江湖的風霜相。只是，在港九，哪裡有江？哪裡有湖？就算跑，又跑得了多遠呢？

突然，那老頭把手上的鑼交到了猴子的手中，猴子立時蹲坐下，居然神氣活現地敲打了起來，換成那老人繞場學著猴子原先的模樣，又蹦又跳地打轉。

四周響起如雷的掌聲和哄笑。

他卻楞楞地，想那戲猴者與猴子之間的繩子——是誰在牽呢？就像父親釣起的魚，人在釣線的這一頭，魚在釣絲的那一端，彼此都在掙扎。

自從父親死後，母親把魚具全送了人，九歲的他吵著要留下那箱鮮麗羽毛製成的假魚餌，卻換來狠狠的一下：

「你老子就是釣魚釣死的，整夜坐在那麼潮溼的水邊，怎麼能不生直腸癌？」

從此，他便不曾再去父親釣魚的水濱，只是此刻隔著胸前抱著的薑花，那拴猴的繩子，竟幻化成父親的釣絲。

◉

看完猴戲，竟然已經快一點鐘，怎麼也招不到一輛計程車，大概此刻司機全去吃午飯了。

他們沿街朝著女孩子的住處走。他突然有些飢腸轆轆，才想起早上匆匆出門，居然忘了吃早飯。抬頭正看見一間飯館，想回家還有一大段路，烹調也要費時，便建議在外面吃了，買的菜留待晚上。

他們在餐館的一角坐下，把薑花放在靠牆的空椅子上，女孩則將提著的菜擱在腳邊。薑花的香氣隨著店裡的風扇，迅速地氾濫出去，引來許多好奇的目光，使他竟然有些靦腆不安，而下意識地挪挪椅子，突然腳下的塑膠袋裡傳來一陣咱喇咱喇的水聲和震動。

「那是我在菜場買的活魚，打算做給你吃的，我的紅燒魚做得很棒呢！」女孩子興奮地說。

他沒有聽見，只低頭看見那綠底白花的旗袍和椅背上靠著的薑花。這九龍的街頭，竟幻成了他童年的那條河，而河裡有魚，水湄有花。

三

回國後，他們仍然保持聯繫了一陣子，當女孩飛到臺北的時候，他常去機場接她，由民權東路到圓山，再沿著新店溪的北側蹓躂。

那時新店溪已經汚染得很厲害，由於缺氧，據說水裡的魚全死了，至於十幾年前常見的釣客，如果仍然健在而興趣未減，只怕也都移去了人工的釣魚池。

令人訝異的是在那汚水之濱，居然偶爾還會傳來幾沁薑花的幽香；循著香味找去，仍能看見成簇的薑花。

「這就是薑花的可貴處吧！工業汚染的水，連荷花都難以生存，薑花居然仍舊茂盛，而香味依然，更稱得上是出淤泥而不染了。」

「爲什麼不說這正是它微賤的地方，不擇時、不擇地的開；豈像蘭花，不是選擇人煙罕至的幽谷，就需要人們悉心的照顧。當然也虧它是薑花，所以連摘的人都少，任它滋生，才能維持到今天。」

◉

碰到薑花簇生的地方，他常要求一塊兒坐下，迎著帶有花香的清風，看那粼粼的河面。沒有擺渡，也不見了竹林，代以兩側的高樓夾掛著雜亂的各色招牌；岸上的車子排隊噴著黑煙，頭頂上更不時有飛機低低地掠過。

對於每一架客機的起落，女孩子出奇地關切，雖然此時她在地上，但是遠處每架飛機的爬升，與降落時機身的彈動，都是她注意的焦點。似乎她的心能隨著飛機的升空而飛起，又隨著降落而降落。

「因爲你不是我，你沒有職業的疲勞，也沒有因爲了解而生的恐懼。但你豈知，在飛機上做久了，出了幾次事，雖然有驚無險，每當我看到飛機起飛，即使自己不在上面，精神也會跟著緊張；看到它們平安落地，更跟著放鬆。每次出勤前，不論在九龍或臺北，我都把床鋪書案整理好，信看完一定撕毀，沒有一樣見不得人的東西，也沒有半篇日記；我對著屋子說聲再見，頭也不回地去機場，因爲誰也不能擔保，一定能回得來。」

她突然脫下一隻鞋，舉到他的面前，赫然那鞋底和鞋跟之間的位置，居然寫著好多數字。

「重要朋友的電話全記在這兒，何必留在電話旁呢？人離開家，家也就跟著走了。這雙鞋穿舊了，再換雙新的，並把當時仍然認同的朋友的電話轉記上去。左脚是杜拜、臺北，右脚是東京、香港，如同踏上飛機和走下飛機，所以你不要送花給我，剛插上，就接著要出勤了；關上房門，有誰來管這些花呢？」

他啞然了。

「你知道，我們初識時你送的那一大把薑花，後來怎麼樣了嗎？當我出勤回到九龍，不過幾天的工夫，它們居然全乾縮了。尤其可怕的是，當我把花從瓶裡拔出來；那瓶裡的水，竟然出奇地臭，比陰溝水還難聞哪！」

他震動了，不敢相信自己的耳朵。那二十多年來，在他記憶中總是無比幽香的薑花；那水湄的隱士、凌波的仙子，怎麼可能不但失去了香氣，而且那麼易於腐爛呢？

他們很快地分了手，因爲他不喜歡她總是抬頭看飛機出神的樣子，更因爲她侮辱了他童年的花；那是聖潔不可侵犯的，儘管是事實，但他拒絕接受。

四

後來他出了國，雖然在大學裡教花卉寫生的課程，卻從來不曾描繪過薑花，不是他不願意，而是因爲在美國找不到這種花；至於記憶中的太過美好，過美的東西，就容易模糊而不眞切了，因爲眞切的東西是很難反省其美的。

於是儘管他時常想，也總夢見薑花，夢見滿山遍野的薑花，卻始終不曾動手畫過。

直到有一年春天，在國內同事過的連重信，請他到家裡吃飯，並引至後院，指著初發的葡萄藤，說要請他夏暮來品嘗，才勾起他的想法：

「你有這麼大的院子，何不種點花呢？譬如薑花，在美國見不到的。」

連十分地同意。

不過三個禮拜之後，突然接到消息，連竟然已經離開了人世，就在他買下長島一間汽車旅館簽字的當天，被一輛車擦撞到，原本以爲沒事，回家後嘔吐，送醫不久就死了。

他去參加了喪禮，不過三十六歲的連，安靜地躺在白菊環繞的棺槨裡，一個女子坐在角落不斷啜泣，使他想起父親初逝的幾年，每次母親帶他到六張犁上墳，總是掩面抽搐的景象。墳前左右的瓶裡常插著薑花，因爲花是白的，素素淨淨，適於悼亡。而那薑花的香氣、母親嗚嗚的哭聲、山道邊行人好奇的眼光，和炙熱的太陽，與他水湄的記憶，是多麼地不協調。

五

連死去那年的夏天，他自己也買了房子，但是後院被開成與鄰居共有的車道，所剩無幾的地方，更長滿了雜樹。他曾經試著整些隙地，卻發現樹根很難清理，加上學業的忙碌，便擱置了下來。

一年之後，以前的同事陳英吏也到了紐約，並暫住在他家。有一次閒談，他提到對薑花的喜愛，英吏似乎也有同感，當晚兩人就決定，合力把屋後那塊空地開了，種幾顆薑頭下去，看它會不會長，能不能開花，又會不會開出他們故鄉的那種白白香香的薑花。

第二天一大早，他們就開始動手，原有的鏟子顯然無法對付盤根錯節的雜樹，只好又出去買了一個短柄的鋤頭。

英吏是農家出身，每一鋤頭都是那麼俐落，像有用不完的精力，他們沿著樹叢的邊緣將土挖鬆，兩人前後合力地搖撼，終於使那塊從來不曾清爽過的院子，有了坦坦蕩蕩的面目。

「何不學鄰居一樣，種成草坪。」他的妻看著整平的土地說：「將來也好整理。」

但是他堅持要種花，不顧家人反對，逕自去廚房翻櫃子，拿走了全部的薑。

當天晚上的菜裡沒有半片薑，但是在他的心裡已經開了一大叢薑花。

◉

英吏在紐約工作了一小段時間就轉去了洛杉磯，隻身在美國，又知道他晚睡，所以常在三更半夜打電話。爲了一邊作畫，一面跟英吏聊天，他甚至特別裝置了擴音的電話機。而每次工作到深夜，只要電話鈴響，他就能猜到是那個農家長大、童年裡也有薑花的老友。

「薑花還好吧？發芽了沒有？不會裝蒜吧？」英吏喜歡用慣有的拉著長長調子、半開玩笑的語氣問。

「剛發芽！是薑花葉的樣子呢！長長的、有平行脈和葉鞘。」他大聲回答。

或許這小小的兩棵薑花，也能略釋英吏的鄉情吧？或許在他童年也有那麼一條小溪、長長的田埂和成片的薑花，在山之窪、在水之濱。

爲什麼還不把家接來呢?他常問英吏。

「接來怎麼過?總要等一切都安頓了,不能讓孩子受苦啊。我們來好比插枝,活不活全看造化,反正被切斷、離開了主莖。老婆來,人生地不熟,也算是插枝,但總要等我這先插的枝發了根,才保險些。至於孩子,就該像播種了,先爲他們鬆了土,再下種子,讓他們慢慢地、深深地扎根,在這肥沃的異國土地上,長成又粗又壯的大樹。」

問題是在臺灣滿山遍野,隨處都能盛開的薑花,爲什麼在這兒就是見不到呢?是土不適合?溫度不對?還是少了那份亞熱帶海島潮濕的空氣?

或許它們雖然平凡、微賤,卻堅持著自己的土地吧!

◉

終於在感恩節前不久,接到英吏的電話,說是妻子帶著兩個孩子年底就要來了;太太已經辭去多年的教職,孩子也興奮地準備來迪士尼過耶誕。

「我們的戰場，他們的天空！」英吏興奮地說。

那是他們最後一次聊天。不過兩個禮拜之後，突然接到以前同事打來的電話：

「聽說英吏出了車禍，未到醫院就死了。」

他不相信！立刻撥電話到英吏家，沒人接，再掛給英吏的朋友，終於證實了這個噩耗。

是在與一個朋友到大峽谷去的時候出了事，雖然仍是秋天，那裡已經開始飄雪，當時由朋友開車，英吏坐在右前座，在轉彎時被迎面一輛疾駛而滑離道路的車子撞上。對方的人當場全死了，朋友也受了重傷，在救護人員把英吏從車子的殘骸裡拖出來時，他不停地說：「救救我！救救我！」但是沒等到醫院，就斷了氣。

他哭了！已經近三十五，自從九歲父親過逝，便不曾再爲什麼落淚的他，卻在深夜入浴時，坐在澡缸裡，忍不住地哭了！積壓的淚水如潰決的堤，突然爆發出來，點點滴滴地落在水裡。他抽搐起伏的胸腹，更使浴缸裡的水被激盪了，模糊的淚眼

他興奮地絮絮叨叨，跟小店老闆娘講述對薑花的喜愛，以及自己試著種，卻才發芽就被雪凍死的往事。

老闆娘面無表情地，打斷他的話：

「你要幾枝？一枝十塊錢！」

「給我十枝，正好一百塊！」他幾乎帶著感激的語調說。

可是當老闆娘把花由水桶裡拿起時，他才發現每一枝花莖只有最靠花的兩片葉子，下面的全被剪去，即使那僅剩的兩片，也被剪掉了葉尖。

「買花買花，要葉子幹什麼？」老闆娘沒好氣地說。

「你能不能特別留下些不剪葉子的，因為我喜歡，而且我要畫。」他請求：「今天我還是買五枝，但是明天訂十枝，要帶葉子的。」

「已經包好了，十枝不能再改為五枝，少算你一點，七十塊了！」老闆娘居然三兩下把花捆好，塞到他手上，順勢搶去了他的百元票子。

他照樣接了下來，等著找錢。

「你還站著等什麼？花給你了啊！」老闆娘又回頭白了他一眼。

「不是該找三十塊錢嗎？」

「算是訂金，先扣了，明天來拿，不來就沒了！」

他一怔，想想自己跑了十年的新聞，以雄奇矯健和詞鋒銳利著稱，而今居然吃了這個賣花的婦人的虧。

但是他跟著笑了，笑得很傻，也笑得有些醉，說了聲謝謝，還躬身行個禮，反而使那婦人迷惑了起來。

她豈知道，那平凡微賤的白花，曾經多少度占據這個少年的夢，而那夢裡有笑、有淚、有恨、有愛。正如他此刻抱著一束薑花，彎身撥開前門的塑膠布簾，簾上藍白的條紋，在晚風中搖搖蕩蕩，早已化作了他童年的水湄。

而那水中有魚，溪畔有花，成林的幽幽的薑花！

流浪者之歌

這裡的三篇散文，記錄了我留美前三年的生活，作駐館藝術家、教畫、讀書、巡迴演講，並在加州與來探親的妻子重聚。有風雪，也有冰霜……

【流浪者之歌】

有一次突然被駛近的巴士驚醒，
發覺自己的雙脚
已經陷在半呎的雪中。
頭頂上也積了五、六吋的雪花。

我的三寶

刺刀眼之類。有時候在桌前兀坐，觸及那粗得有些扎人的軍毯，和它已經殘破的邊緣，以及上面的點點墨斑，竟覺得那是一塊暗暗黃綠的大地，有著烽火過後無邊的蒼涼與凋敝。

初到美國幾年的重要畫作，都是在這塊烽火流離的軍毯上孕育的，自然帶著一些浪跡異國的情懷。有時候在冰雪的夜晚，暖氣不足，它也便成爲伴我異鄉夢的朋友；只是壓在身上，出奇地沈重，使我常常夢見逃難，追兵到了身後，雙腿卻不聽使喚。

毛毛衣

「毛毛衣」是我的第三寶，它不是毛衣，而是一件裏面帶著絨毛的滑雪衣，我喜歡叫它毛毛衣，因爲這個名稱很孩子氣，也很溫暖，尤其是在異鄉，它有一種母親的感覺。

毛毛衣不是母親縫的，而是有一年到合歡山滑雪前，特別託人從香港買回來的。

深紫色的厚呢子面，長領後面用拉鍊連著一頂帽子，由於專供滑雪之用，所以並不太長，也不很寬鬆。甚至可以說穿在身上有些被包著的感覺。

在合歡山上，我不覺得毛毛衣有什麼好，卻在日後的旅途中，一天天地愛上它。尤其是風疾雪密的隆冬，研究所下課之後，常已經是深夜了，我必須沿著一條馬路，走上二十多分鐘去搭巴士。

鏟雪車總是一大早出勤，所以風雪夜走出校門，已經分不出人行走道與大馬路，一片白茫茫，像是罩上了一大塊白被單。

許多人形容雪景是粉飾銀粧，我想那多半是在有暖氣的室內或車子裏，觀外面的雪。也可能是在明朗的白日，有著明朗的心情，踏雪翫雪。至於一個初到異鄉的學子，噴著白煙，在深沈的夜色、襲面的北風，與不斷往鼻孔裏鑽的密雪中，踏上歸途，又不是歸途；走回家門，卻又不是家門時，那白皚皚，則是一種蒼白與無助。

偏偏深夜的巴士特別少，常常等上四十分鐘，車子才來，我裹在毛毛衣裏，低著頭，又拉緊帽子邊緣的繩帶，只露出兩隻眼睛，靜靜地站著，想像自己是齊瓦哥醫生流放到烏拉山。沁心的寒冷從下面的雪靴和兩層毛襪間透了上來，所幸這緊緊包著我的毛毛衣，帶給我無比的溫暖，彷彿被一雙巨臂擁著，又覺得自己是藏在一床厚厚的棉被之中，身外的風雪反而與我無關了。有一次突然被駛近的巴士驚醒，發覺自己的雙腳，已經陷在半呎的雪中。走上車，引來滿車的目光。直到司機驚奇地問：「你難道等車的時候一動也不動？」才知道頭頂上也積了五、六吋的雪花。

◉

毛毛衣已經破了袖肘，塑膠製的釦子，不知爲什麼在乾洗時融化不見了；軍毯在家人來美之後，早換成柔細的灰色毛呢料子，寬大地鋪在八呎的桌面上，不再怕扎了手，或因掉灰而引得我打噴嚏；小小的畫匣子，由於學校有我專用的辦公室及教室櫥櫃，又不再接受外面邀請揮毫而很少用得著。

但是匣子還是放在畫室一角，上面的鎖依然明鑑，裏面也一樣沒少。軍毯鋪在畫櫃的底層，上面睡著我異國十年的心血。至於毛毛衣，仍然掛在衣櫥裏，每次飄雪的天氣出門，我去拿厚呢大衣時，總會看到它靜靜地垂著，胸中便勾起許多往事，便也似乎從它身上，獲得一種鼓舞與激勵，彷彿共患難的老友重逢，有笑、有淚，有感慨，也有溫馨！

【流浪者之歌】

他們爲我的研究所出函，
證明了我的英文能力，
使我順利完成了學業，
也向美國政府推薦了我的繪畫作品。
他們的手不斷地帶領著我，直到今年……。

在丹維爾的那個冬天

我受過許多異國的溫情，其中最難忘的，要算是詹寧醫生夫婦了。他們是我一九七八年到達美國所熟識的第一對美國夫婦，他們教我英語，指導我西方的禮儀，幫助我適應美國的生活方式，更帶我跨出美國社會的第一步，所以我常說：有人找到異國的莫逆之交，有人尋得異國的終身伴侶，而我則有一對慈祥的異國雙親！

◉

第一次與詹寧夫婦見面，是在丹維爾美術館的盛大歡迎會上，歡迎由國立歷史博物館推薦前往訪問的中國畫家。銀白頭髮的老夫婦，熱情地接待到場的客人，我發現每位賓客都對他們非常尊敬，那種趨前問安的恭敬姿態似乎是西洋社會少有的；當他講話時，偌大的場子，幾乎沒有一點聲音，彷彿半聲咳嗽，都是一種罪過。

如此慈祥的老人，那麼親切的笑貌，爲什麼有這樣懾人的力量呢？初見詹寧夫婦，我就被這種說不出的氣氛震住了，要我跟他們住在一起，生活三個月，天哪！不會如同新兵入伍訓練般嚴格吧？一團又一團的疑惑與不安從我心底升起。

果不出所料，從住進他們家的第一天，就開始了軍事訓練。早上六點鐘，還是我這個夜貓子好夢正酣的時刻，就聽見詹寧醫生拉著嗓子喊：「查理！起床了！已經是早晨了，一個漂亮天呢！」

而當我飛快地跳下床，緊急梳洗完畢走進餐廳時，他們居然端端坐在那兒，似乎等待多時了。

「查理，你喜歡吃果醬（Jam），還是果子糕（Jelly）？」詹寧太太問。

「這有什麼不同呢？」我說。

「當然不同。」詹寧醫生說：「Jam是水果直接加糖做的醬，可以看到果子的肉和纖維；Jelly是果子打成膏狀的東西，雖然還是眞眞實實的水果製品，但已見不到果肉；此外還有一種叫Jello（果凍），多半是用人工合成香料製成，看來非常透明，含卡路里少，常當做飯後的甜點。」天哪！一邊說，他一邊居然像上課般地打開冰箱搬出了各式的「教具」，而且一塊一團地挖到盤子裏讓我比較。

「看來都一樣嘛！」偏偏碰上如此不通氣的學生。

「哪裏一樣！眞的就是眞的，假的就是假的。」說著他又拿出了一盒橘子汁和一瓶橘子汽水：「你看，果汁是用水果榨成的汁，不能多摻水，也不能用假的東西，所以叫Juice；至於這一瓶叫Drink，是用人工香料加糖製成的，不是眞果汁，所以絕不能叫Juice，而要稱Drink；眞就是眞，假就是假，眞的不能作假，假的不能當眞。」

詹寧醫生就是這麼一位擇善固執的人，他絕對服膺眞理，而且堅持到底。

◉

吃完早飯，七點正，我已經坐在詹寧醫生前往丹維爾美術館的車上，兩邊皚皚的白雪，使我一下子湧上濃濃的鄉愁。

「你想家嗎？」坐在前座的詹寧太太似乎看出了我的心事，轉過頭問。

我沒有答話。

「中國並不遠，不必以爲你遙隔千萬里。」詹寧醫生敲著駕駛盤：「你不信的話，只要把耳朵貼在地上，就會聽到中國人講話的聲音。」

我不懂。

「中國不是就在這地球的正對面嗎？」詹寧爽朗地笑著，這是我第一次聽見他這麼大聲地笑，卻又戛然而止了，重新板下嚴肅的面孔，說教似地偏著臉，對我說：「世界上的距離，不是眞正的距離，眞正的距離在我們的心，面對面，雖然是近，但是如果心遠，就比月亮都遠；相反地，如果你念著家人，家人也總以你爲念，你們雖然遙隔千萬里，也就是在身邊了。」

「我覺得你的觀念很中國。」我翻譯了「海內存知己，天涯若比鄰」和「會心不在遠，容膝何需多」的句子給他聽。

「不是我的觀念中不中國，而是我們的心都一樣。你漸漸會覺得，不論到世界，的哪一個角落，人還是人，都有他們美好與醜惡的地方，也都有他們共同的情感。」

車子漸漸駛入市區，在一片蕭疏的楓林與幾棵蒼松的簇擁下，我看到了自己將要擔任駐館藝術家三個月的丹維爾美術館。

詹寧醫生親自開啓了側門，便帶我直朝底樓的一間陳列室走去，赫然呈現在眼前的，竟然全是中國的陶瓷作品與書畫。

「你看，中國就在這兒了，許多都是你們國立歷史博物館的贈品。」詹寧醫生點亮每一盞燈：「在這個國家，處處有中國，因爲我們喜歡東方，我們喜歡那神秘而深邃的美，也因此請你來擔任我們的駐館藝術家。」

於是我這個「藝術家」，就在丹維爾美術館「駐」了下來而且成爲了其中少有的幾位支薪者之一。

「你這麼忙，居然……」當我聽說詹寧醫生擔任丹維爾美術館館長多年，卻從來不曾拿過一毛錢時，驚訝地說。

「當然！不僅是我，每天九點鐘就到館裏來擔任接待員的每一個人，都是不支薪的，還有我太太也一樣，她算是館裏打雜和燒飯的，也不支薪。」詹寧笑著說「這叫做Volunteer（義工），這個社會的許多祥和與完美、人情與溫暖，都是靠人們的奉獻與犧牲換來的。生命的意義，常不是獲得，而是奉獻。」

果然如此，在這之後的日子裏，我發覺處處見到的都是Volunteer（義工），他們自動去館裏上班，排定輪班表，不論大雪紛飛，或下著冰雹，總是準時到達。男人做些粗重如掛畫搬東西的工作，女士們則擔任導遊，爲遊客解說每一件收藏品和建館的始末。從她們的解說中，我知道了丹維爾美術館的建築，早先是一位富豪的家，後來捐給地方，成立美術館；至於其中的展品，包括繪畫、雕塑、地毯與各種家具，也都是人們的捐贈，而且不乏曠世名家之作。

「一人得不如大家得。」詹寧博士常說：「人年輕時總喜歡買紀念品，中年時喜歡買收藏品，老年時發覺生不帶來，死不帶去，就常豁達地將自己半生辛苦的收藏捐給美術館，使每一個活著的人，到未來的子子孫孫，都能得以欣賞、享用，這也是一種Volunteer精神的表現。」

於是當我在館裏舉行個人畫展，記者來訪問，而問我對美國的印象時，我便毫不考慮地說出一個字：Volunteer。居然這一個字，便打動了許多讀者的心，因爲他們沒想到，對一個外國人而言，「義工的服務精神」居然成爲最深的印象，因爲當他們在奉獻時，並沒有感覺自己在做什麼了不得的好事。我則認爲只有在奉獻或施予時，不覺得自己在施予和奉獻，那種精神才愈值得欽佩。

◉

或許由於電視報章等傳播媒體的介紹，也可能是詹寧醫生夫婦的聲望，使我在館裏的活動一天比一天頻繁，除了每日上午在館裏開中國繪畫班，下午還要到不同

The
Blacksburg Sun
Sunday, April 2, 1978 A7

Chinese Philosophy Well Incorporated in Art Work

Photo by Cindy Conte

LIU YUNG AND ARTWORK
Air-Brush Dreamscape Technique

By CINDY CONTE
Staff Writer

Soft, ethereal, spiritual, dream-like.

Perhaps words are inadequate to describe the works of artist Liu Yung, for they speak for themselves on visual terms.

Yung, is visiting the United States for the first time. During his stay in Blacksburg he will be lecturing on the fundamentals of Chinese painting at the Donaldson Brown Center for Continuing Education, now through May 25.

Yung began studying art with his father at the age of six. At the age of 29, he has originated the Liu style air-brush "dreainscape" technique and has been awarded for works extending over three continents.

Yung is not only a master of art, he is an author of five volumes of prose, poetry, and essays on a wide range of subjects. He has composed and directed a performance of tone poetry, enhancing rhythm and meaning with the musical cast of his words, he has taken the leading role in dramatic productions, hosted television shows, is a journalist, teacher of art and has received awards in painting, poetry, drama, and speech.

Out of all of Yung's interests, it appears art is his love, especially landscape styles. He has an unrelenting devotion to his art and is an art teacher in Taipei. His students hav also become teachers.

Yung not only paints the traditional but the modern also He enjoys experimenting with new techniques and ha recentlypainted Chinese art in oils. A versatile artist, Yung' paintings vary in size from 20 feet to mere inches. His style range from a lyrical delicacy through a bold assertiveness t haunting moonlit dreamscapes. His strokes reveal his mood from bony to rigid iron strokes to soft and formles suggestions lost in mist and finely detailed elements devoi of all but essential assertion.

Yung will be lecturing at Virginia Tech for three weeks o Chinese paintings. In his method of teaching he will lectur about his culture. "Before one can paint Chinese art, they must learn how to appreciate Chinese paintings, how to study it, how to understand the spirit of Chinese paintings," h said. "One must understand the Chinese philosophy an poetry to paint Chinese art," he said.

Yung will also show slides of Chinese art and will b teaching brush and ink and techniques of landscape pain tings.

Following Yung's three week course he will travel Danville as a guest of the Danville museum. At this time, traditional Chinese artist, Shao Yu-Shiuan will be teaching six weeks course on the basics of Chinese painting with brus and color and techniques of painting flowers and birds.

△美國維吉尼亞州《布拉斯堡太陽報》報導了我的新聞。那時我在維州理工大學作三個星期的講學。

的學校示範揮毫，後來居然有一個小時車程的馬丁斯維爾和南波士頓等地方的藝術團體也紛紛邀請，而我不開車，許多交通的問題，便全落在詹寧太太的身上。

「你們那麼忙，還要送我，實在不好意思。」我說。

「這是應該的，美術館的功能不僅在展示，而且是教育；不僅要把人們請來參觀，而且應該走入群衆，所以就算是幼稚園邀請，我們也應該去。如果你希望美國人了解中國，愛中華文化，就該由人們的小時做起，使他們由親近而喜愛。」

果然我們連幼稚園也去，而且碰到大的城鎮，學生太多而無法同時看我揮毫的情況，詹寧醫生更發明一種特別的方法，在室內運動場中間擺張桌子由我揮毫，再讓孩子們排成一列長隊慢慢地通過我的桌前，繞三圈下來，倒還眞能看到一些。

「這些孩子眞乖呢！他們安安靜靜地列隊通過。」我對詹寧醫生讚美地說。

「他們當然要乖，你要知道我是牙醫，孩子們最怕的人不是父母，而是牙醫呀！」

詹寧高興地開著玩笑，在那嚴肅的背後，我突然發覺他像孩子般天眞的一面。記得有一次我們從餐館出來，有個人對他打招呼，他似乎一下子想不起那人的名字，對方笑著說：「詹寧醫生！你不記得我了嗎？」

「你張開嘴，露出牙我才會認識。」

果然那人一咧嘴，詹寧就叫出了他的名字。

「這城裏的人，我多半都認識，因爲他們都曾經乖乖地、咿咿啊啊地讓我修理，就算不認識他的臉，也認得他的牙。」詹寧常得意地說。而我則好幾次聽他的朋友對我講：

「怎麼樣，英語進步不少吧！詹寧是當然的演說家，因爲他是牙醫，牙醫在給病人看病時，病人無法講話，只好全由他一人說，久而久之，自然鍛鍊成了演說家。只可惜啊，他說的故事，我都會背了，因爲從小就聽，已經聽幾十年了！」

◉

詹寧醫生不但是演說家，而且是位好老師，他從英文到史地，乃至美國禮儀，可以說是不厭其詳地教我。

譬如吃飯，他告訴我早晨在廚房旁邊的小圓桌吃，下面要墊一塊塑膠片；中午在大餐廳或小餐廳用，晚餐在大餐廳；有客人來時，則要點上蠟燭。

他又教我擺刀叉，說什麼叉子在左，刀子在右；小叉吃沙拉，小刀抹奶油，大刀大叉用來吃肉；先用的刀叉在外側，後用的在內；麵包在左，酒在右；吃紅肉喝紅酒，白肉喝白酒，但是說到最後，又加注了一句：「給我的刀叉位置得相反，因爲我是左撇子。」

至於吃的動作就更講究了，他規定我吃牛排時，先左手拿叉，右手握刀，一次切下一小塊，再將刀橫放在碟子的上方，將左手的叉遞到右手，把左手放在左大腿上，右手叉起肉，放進嘴裏，又重新把右手中的叉換回左手，取下刀子，再切一小塊肉，如此反覆行之，眞是累死了。

「我在臺灣和歐洲，都是左手拿叉，右手拿刀，隨叉隨遞入口中。」我說。

「許多美國人也是這樣，可是對我們這些老維吉尼亞人來說，是不行的，太野蠻，我們看不慣。」

◉

詹寧夫婦確實是夠古板的，老先生參加宴會一定要穿漿燙過的純棉白襯衫；家裏請客時的桌布更得漿燙得一點摺紋都沒有。尤其令我覺得可笑的是，有一次看詹寧太太燙桌布，她先從抽屜裏取出一條已經很平的桌布，卻又攤在燙檯上噴水再燙一遍，原因是有了摺痕；可是桌布很長，她一邊燙一邊向前推，等燙完一整塊，拿起來時，發現前面燙過的部份，由於推下了燙檯，又有了縐紋，而不得不從頭再燙，於是又一呎一呎地拉上檯子。豈料當桌布漸漸墜到她身前時，便又縐了；最後還是我幫她，拉著桌布的一頭，才算大功告成。

詹寧太太燙桌布固然不厭其煩，整理郵件可就全不是那麼回事了。記得有一天，我經過她書房的門口到廚房去，看見她正在為桌上已經堆積了好幾個星期，而無暇處理的郵件煩惱。「查理，你看！多少廢物郵件，也不知道是些什麼內容，這麼多，怎麼辦!?」她對我攤攤手，我也只有聳聳肩。

豈知當我喝了杯果汁，三分鐘後，再經過她的書房時，桌子上已經清潔溜溜。

「咦，那些郵件呢？」

「這還不簡單！」她又是雙手一攤：「嘿嘿！全進壁爐，當柴燒了。」果然屋子裏特別暖，壁爐中正竄動著熊熊的火苗。

二十分鐘過去，突然聽到詹寧太太大聲喊：「天哪！我的支票本呢？」

◉

雖然詹寧太太常爲公忘私地幾個星期都不理家，她對於美術館的事，可毫不馬虎。一個禮拜，至少有三天，她是一大早就要跟著詹寧醫生和我進城的，不是爲買東西，而是去打掃美術館。每次看見她匍匐在地上擦擦洗洗，我總是很不忍心地說：

「爲什麼不讓館裏僱的工人清理呢？」

「他們不用管廚房的事，這是我們女人的地方。」詹寧太太是屬於老一輩觀念的婦女，當然也有一些其他的「義工」女士們與她一起在廚房工作，或做點心給酒會的客人吃，或做午餐給全館的工作人員。

通常在十二點十分，詹寧醫生就會由他的私人診所，匆匆忙忙地趕到，雖然有館長辦公室，但他總喜歡坐在會議桌前，一面咬著三明治，一邊聽秘書報告館務，並處理一些公文。我常想，就算是在三明治裏夾上幾隻蟑螂，他也吃不出來。

雖然如此匆忙，詹寧還是會找我談各種演講和館裏課程的安排，也總會詢問我的建議，尤其是對中國文物的保管與展覽，更以我的意見爲是。他對於國立歷史博物館館長何浩天尤其欣賞：「一個老先生，那麼大年歲，還風塵僕僕地，到美國各地宣揚中華文化，而且能看得上我們丹維爾，眞是令我太佩服，也太感激了。」詹寧不止一次這麼說。

我相信詹寧也是常給何館長寫信的，因爲有一天，我打越洋電話回家，母親半開玩笑地說：「聽何館長講，你在美國又找到了一對父母。」

詹寧夫婦確實待我就像對待自己的孩子，而且有他們特殊的教育方式。在家裏，他們兩個搶著教我英文和美國禮節，管理我的飲食起居，就如同父母對子女一般，但是只要走出大門，他們就成了朋友，爲我介紹當地的政要，並安排我上電視藝文節目。在許多場合，他們把我放在更重要的位置：「因爲你代表你的國家，來宣揚中華文化。」

就這樣一步、一步，他們帶我跨出進入美國社會的步子，也把我引上了美國的社交舞臺；他們在家裏施教，並讓我在外面單獨表現，再回家發表講評，而我每次在外面演講回來，則把錄音放給他們聽，請他們指正。

詹寧太太有英國古典文學的修養，而且愛發表，所以我的英文多半是跟她學的，不過詹寧醫生常趁她不在時說：「她來自阿拉巴馬，土腔土調地，你要學好英語，非跟我學不行。」有幾次，他們爲了一個字的發音，甚至在餐桌上爭執起來。

老兩口子生活了幾十年，老先生還是自有秘密，起初我不知道，事情是這樣的：當早晨詹寧太太不跟車進城時，詹寧醫生常在路邊同一家雜貨店停車，並叮嚀我留在車上，然後一人下車，起初我問他買什麼，他都說是去換零錢，後來才發現，每次當他走回來時，口袋總比較鼓，有一次終於露出馬腳。

「香煙！你買香煙！」我說。

「噓！」他故作神秘地向四周望了一下：「因爲我有心臟病，醫生不准抽煙，可別讓我太太知道，那就麻煩大了，老太婆實在管得緊。」

話雖如此說，眞碰到詹寧太太不管，家裏的麻煩可就大了。

◉

有一個禮拜，詹寧太太代表丹維爾市去外地參加婦女橋牌大賽，可眞成了家裏的一件大事，不是詹寧太太比賽有多麼了不得，而是家裏兩位男士，要如何過日子。於是出門一個多禮拜前，詹寧太太就開始四處安排——拜託各方友好，分別邀請詹寧醫生和我去晚餐，一下子，似乎半個丹維爾城的人，都知道我們行將「斷炊」了，盛情邀約的電話打到美術館，到後來竟成了詹寧和我不得不分頭應付的局面。

當然我們還是有一次同行赴約的，那次晚餐，對於詹寧來說，好像意義頗不尋常，前一天晚上他特別把我從臥室叫出來，坐在起居室的沙發上，十分鄭重、一個字一個字地對我說：

「明天傍晚五點鐘，我們要應一位女士的邀約。她的家裏眞是漂亮極了，有湖光、有山色，還有很大的游泳池，她長得非常漂亮，是我小時候的玩伴……。她是很漂亮，那種高貴而優雅的婦人，一直到今天還是，總之，你看了就知道……。」

「對了！」他突然又想起一件事：「別忘了！她們家有黑人女僕，當女僕端上菜之後，我們得等女主人嚐過，同時對女僕點頭，表示菜味不差，女僕退下之後，才能開動。這是貴族家庭特有的禮俗，跟我們去過的一般美國家庭，吃飯時主客一齊開動的情況不同。」

◉於是次日傍晚，我們老少二人，特別打扮得十分正式地驅車赴約。當車子駛出一片白楊，盈盈的湖光映入眼簾時，對面山坡上，一棟高大的宅宇，便映得有些耀眼，而像童話故事中般地輝煌了。

長長的一道大理石階，由湖濱直直通向大門口。

「這麼大的房子，居然是木造的呢！」走在石階上，看到那一片片深褐色的牆壁，我對詹寧說：「爲什麼不用石頭或磚呢？」在我的心中，磚石總比木造的講究。

「這種木頭非常硬而不怕蟲蛀，幾百年也不會壞，而且冬暖夏涼，更不會破壞周遭的自然景觀。」

隨著僕人，我們直直地穿過大廳，彷彿禮拜者走入教堂一般。高大的屋頂、深垂的水晶吊燈、黑褐的柚木骨董家具，和深色的牆壁，以及其間巨幅的油畫，造成一種明暗跳動，又有些詭譎的對比。

推開大廳另一側的門，女主人正從蔚藍的游泳池裏走出來，一位男士遞過海灘裝，與她雙雙地繞過池邊，與詹寧先生握手親吻，並與我做了見面的寒暄。她確實是很美，雖然歲月在她的皮膚上已經留下了一些斑點和皺紋，但是頭髮仍然是亮麗的，還有那深深的輪廓、頎長的身材和爽朗而不放肆的笑，不但沒有六十多歲垂老的感覺，反而在端麗之間，不時漾出些青春的氣息。我想她屬於秋天，那個菊花盛開的季節。

她正讚美著春天，說由當年花朵的繁盛，可以預卜家中果園的豐收，並問我在美生活的情況。

「遭遇的第一個美國的春天，又是在最美的維州，一定能留給你很深的印象吧!?」說著她便帶我去看她後山的溫室花房，又引我去摘了些薄荷葉子，準備放在酒裏。回到池邊，太陽已斜了，正聽見男主人向詹寧醫生得意地介紹酒檯後一隻大魚標本，說是他的海上獵物，我突然覺得詹寧醫生有被冷落了的感覺，他不是來找兒時的青梅竹馬聊天的嗎？

所幸晚餐後，男主人說有事，便獨自出門了，女主人先抬出許多手抄本和畫冊給我欣賞，便與詹寧醫生坐在昏黑的大廳裏聊天，聽不清他們說些什麼，大概是些兒時的往事吧！

車子再度駛過湖邊，已是一片月色了，明艷的桃花卻像灑了螢光粉般地跳躍。

「你剛來的時候，仍在下雪，現在卻已經是春天，時間過得多快呀！」詹寧突然像是有了許多感傷：「人生也一樣，突然就老了。」

◉

最後一堂課結束時，一個美國學生把我請到教室外的庭院，說要找我買兩幅畫。他伏在車子的引擎蓋上寫支票，周遭是濃濃的花香。

重新走回教室，推開門，我怔住了，剛才只有十幾個學生的教室裏，居然一下子擠滿上百的人，震耳的「查理眞可愛」的歌聲和整齊的掌聲，把我引入一片模糊的淚眼和夢境；而其中有燭光、有蛋糕、有我在丹維爾結識的美國朋友，和可愛的華僑。陶藝家送給我一隻可愛的小老鼠和胡椒、鹽罐；猶太籍的音樂家送了三張好特殊的小唱片。木刻家送我一只用樹根雕成的小碗；詩人蘇珊福克代表全體會衆，朗誦了贈我的一首詩。美術館的職員則合送我一本「美國，美麗的國家」，並在扉頁上寫著：

「親愛的查理：

在過去的三個月，你帶給我們歡樂，從你的山水畫中，我們欣賞了無限的優美。

希望這本書，能使你漸漸發現美國也有著壯麗的山川，成為你旅行時的參考，更使你憶起丹維爾的朋友。

無限祝福！再會！

你在丹維爾美術館的朋友」

山茱萸花已經謝了，玫瑰和丁香正迎風搖曳，冬天來時枯了的紫藤，又綠得如翡翠一般，對比下詹寧醫生的磚牆是更紅艷了。

「再過兩天，我們就要清理游泳池，並放水，可惜你不能留下來。」詹寧太太感傷地說：「我們會爲你放水，因爲他和我都游不動了。」

「我們老了，這世界是年輕人的。」詹寧拉著我的手：「但還是要多保重，不要太晚睡，要早起，早晨空氣好。」

「我小聲對你說！」我附在詹寧的耳邊：「少抽煙！對心臟不好！」

他突然哈哈大笑了起來，把我嚇一跳，也打斷了我的話，笑著，他像是突然想起什麼事，從口袋東掏西掏地找出一片小東西：「這是你牙齒的X光片，我給你補的地方，不敢講能維持多久，隨時還得注意，要用特別的牙膏刷牙，別用一般的，因爲你的牙齦比較敏感，好！」他突然拍了一下手：「張開你的嘴，咧嘴笑一下！」

我笑。

「牙齒很整齊，要多保重，我永遠記得你的牙！」

「我記得你說過，只要你看過的病人，就算你不認識他的臉，只要一張嘴，就能叫出他的名字！」

「當然！查理！但是對於你，我卻能從你的腳步聲分辨出來。」

「我還不是。」詹寧太太搶過話來：「你是我們的孩子！」

「你們是我在美國的……」我已經很難講完我的話：「父母。」淚水突然宣洩般地滾過面頰。我的情感原來是很堅強的，爲什麼在他們的面前，在等著接我到馬丁斯維爾的杜格斯太太面前，我竟會忍不住地哭了呢？

「我不知道爲什麼忍不住地落淚。」當背後丹維爾市逐漸模糊，我感慨地對杜格斯太太不好意思地說：「不知是我對他們的情感太深，還是厭倦了四海飄泊的生活。」

「他們也哭了！」

◉

離開丹維爾已經六個年頭，雖然因爲學業和工作的繁重，始終未能再回維州，但與詹寧醫生夫婦，總有書信的往返，他們爲我的研究所出函，證明了我的英文能力，使我順利完成了學業，也向美國政府推薦了我的繪畫作品。他們的手不斷地帶領著我，直到今年……。

今年的夏末，我正在臺灣爲寫了十二年的《山水寫生畫法》終將出版而興奮，突然接到華李大學朱一雄教授的信：

「詹寧醫生已經在七月二十三號因心臟病突然去世，一直到他過世的前一天，仍然在美術館上班，並主持酒會，卻未料在半夜心臟病復發，終於不治……。詹寧醫生在臨終時特別叮囑要通知一個人，就是你。」

其後的兩個星期，我婉謝了所有的應酬，遙隔一個大洋和深居簡出，都無法沖淡我的哀傷，在一片悽情中寫成這篇回憶，爲的是紀念我那位美國的父親，並告訴大家，異國有著這麼兩位深愛中華文化的老人。

——一九八四年夏暮於紐約

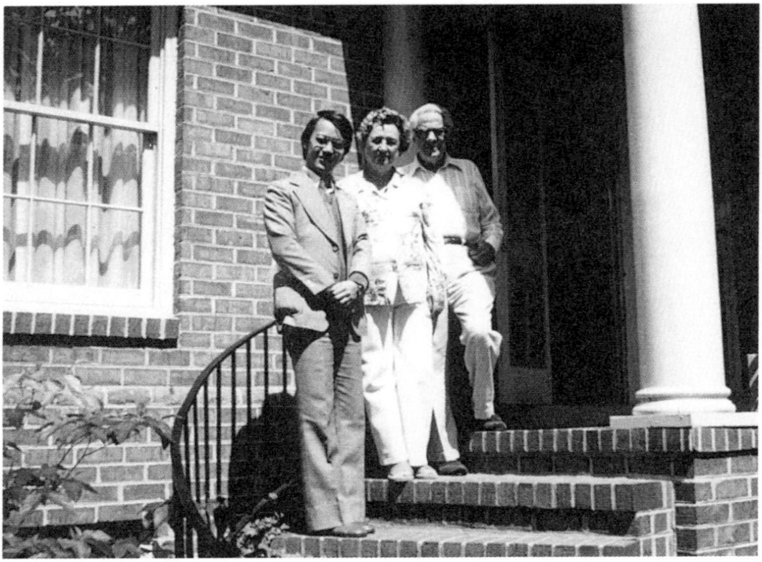

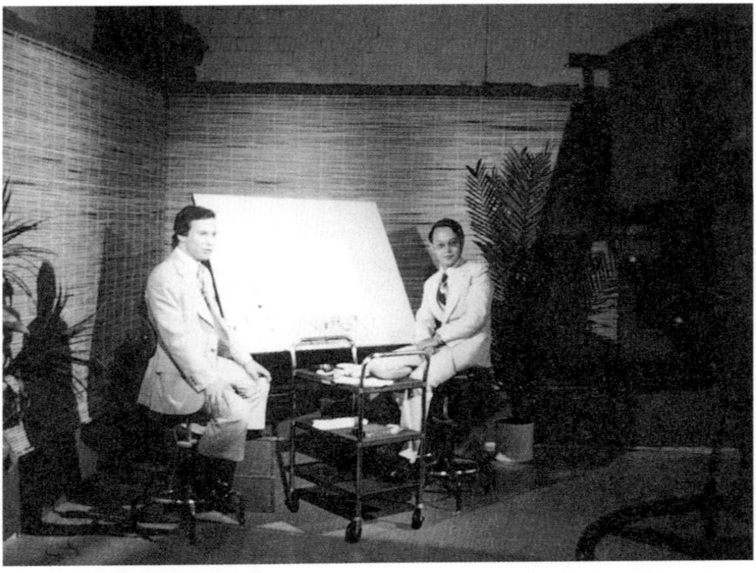

△上圖是與詹寧醫生夫婦攝於他家的門前，下圖是接受維州電視台訪問並當場揮毫的畫面。

【流浪者之歌】

微光中，
只見一個高大的黑人，
手裡拿著一把明晃晃的尖刀，
正一邊吼叫，
一邊攻擊簷下垂掛的冰柱。

無情天地有情人

在海外過的第一個中國年，是壯闊的、荒涼的，卻又有著一些詩意，帶著幾分驚險。

趁著寒假，萬里來美尋夫的妻，害怕紐約的冰雪，而跟我約定在舊金山碰面，卻沒想到一路玩到大峽谷，仍然趕上了我們生命中最大、最冷的一場雪。

雪中的大峽谷更壯觀了，但是比起玉山、阿里山，甚或只是大屯山，總覺得少了那麼一分優美與悠閒。由於天寒地凍，載人去谷底的小騾子早已歛足，只有幾個導遊，引著不識時節的零星旅客，叩訪印第安人的古蹟。

臨時才計畫到大峽谷的我們，原本就沒有準備厚的衣服，再加上谷中挾雪的寒風，除了第一眼看到大峽谷時，還有幾分興奮，跟著遊興就凍到了冰點。

「我們還是回洛杉磯，去迪士尼樂園吧！」妻說，於是早早就搭上由大峽谷到Flag Staff的巴士，準備趕乘晚上九點鐘的火車。

◉

巴士抵達Flag Staff，已是七點過後，飢腸轆轆的我們，在這亞利桑那荒涼的小城裡，拖著行李，頂著寒風前行，原以爲大峽谷旁該有富麗的酒店和熱鬧的市集，怎料竟是這種戶戶深鎖，只有遠處幾聲狼嗥犬吠的景象。

好不容易挨到火車站，臥車的座位雖然訂到了，卻說由芝加哥開出的火車，因爲大雪，而將延遲七小時到站。別的旅客似乎全是當地的居民，也像是早就料到車子會延遲，紛紛跳上門口親人的汽車，頓時偌大的車站裡，連管理員都不見了，只剩下我們這對來自遠東的旅人。

「這裡挺荒涼的，不太保險，還是先出去找點東西吃吧！」我把頹然陷在椅子裡的妻拉起來。

◉

出了車站，風雪是更急了，呼嘯著彷彿不斷牽引著的白色的簾子擋在眼前，卻隱隱約約看見對街右側一百碼外，有一家餐館，仍然亮著燈火。

走進餐館，令人驚訝的，老闆居然是中國人，在這種荒涼的小城？也有中國人？「中國人嘛！吃苦耐勞，別人不開，我還是開。」老闆很熱絡地過來招呼，且主動地介紹了葱爆牛肉、番茄炒蛋幾個簡單的菜，他的臉布滿風霜，但是笑容很暖。

「您從哪兒來？」我問。

「中國！」

那是一個遙遠的名字，在地球的另一邊，我原想問是從臺灣、香港，還是大陸的哪省？卻發覺只是一個「中國」，便閃閃亮亮地在心裡燦然起來。彷彿最初飛離大氣層的太空人的感覺：「那只是一個小小的地球，上面的人們卻爲什麼有這許多紛爭？」

於是我們這些都來自那小小的「中國」的人，便坐下來談笑了。

都快吃完了，老闆突然一拍腿：「忘了一件事！」跟著進去端出酒來，斟滿三杯：「過年好！」

「過年？」妻屈指算了算：「今兒是除夕耶！」

「我太太是墨西哥人，早不過中國年了！今天你們來，又正巧上禮拜收到國內寄來的一份月曆，才想起。」老闆一飲而盡：「是你們來美國的第幾個新年？」

「第一個！」辛辣的酒，嗆得我直掉眼淚，啞了嗓子。

◉

吃罷除夕大餐，再頂著北風走回車站，仍然悄無一人；算算時間，還有六個鐘頭火車才會到，隔著車站的後窗，遠遠看見一家汽車旅館的霓虹燈。

「與其待在這兒受凍或被搶，還是破點財吧！」於是我們又拖著行李從車站大門出來，再轉過街角的平交道，住進那個簡陋的旅館。

已經十六個鐘頭不曾闔眼，雖然在一片霉溼味中，居然倒頭就睡著了，只是才過一下，突然被一陣吼聲驚醒。

「有人在外面打架。」我對妻說：「不要動！」

可是吵聲一直不停，而且似乎只是一個人在吼叫，夾著叮叮噹噹金屬相擊的聲音。我輕輕溜下床，從窗帘間向外窺視，微光中，只見一個高大的黑人，手裡拿著一把明晃晃的尖刀，正一邊吼叫，一邊攻擊簷下垂掛的冰柱，每一攻擊都發出鏘鏘的聲音，隨著冰花開綻，紛紛墜落。

我想通報櫃台，卻發現屋裡居然沒有電話，問題是再過三個鐘頭，我們就得離開，如果那黑人一直不走，怎麼辦？

「或是喝醉酒了，一下子就會離開。」我安慰妻。只是時間一分分地過去，人在模模糊糊中，一會兒醒來過去看看，一會兒側耳聽聽，糟的是，那黑人後來居然坐在我的門前，只怕連門都推不開了，而時間已經是兩點鐘。

「把鬧鐘關掉免得驚動了他！」我不敢再睡，穿好衣服想那脫身之計。

「如果他實在不走，而我推開門時，他發了凶，妳就先往櫃台跑。」我開始做最壞的打算。

不知是不是妻的禱告蒙了上帝垂聽，三點多，就在我們動身之前，門外的黑人居然走了。

◉

我們悄悄溜出門，衝出旅館。雪已停，風好冷，卻感覺空氣無比清新。

火車上黑人管理員有沈厚的嗓音，熱情地把上車墊脚的木梯放下來，扶著我們上去，又拉下床鋪，告訴我們使用浴室的方法，才滿臉笑容地退出去。

夜裡的白雪在窗外閃著藍光，車子很平穩，我卻遲遲不能入睡。明天，明天又是一個新的旅站，是迪士尼，而後是夏威夷，再就是又一次的離別；妻回臺，而我留在美國繼續奮鬥。

「你沒睡嗎？」妻突然從下鋪問我。

「是！想到國內的老娘和孩子，不知在做什麼。」

「拜年！只是少了一半的家人，會冷清多了……。」

華麗與清貧

水雲齋的華麗是藝匠的充實，水雲齋的清貧是藝匠的孤獨。

以下兩篇小說，寫作的時間相隔六年，它眞正要表達的，是我們該怎樣發現身邊的人才，並且留住他、尊重他，挽救他的凋零。當然它可能也有自況的弦外之音，這只好由您自己去體會了。

劉墉◉華麗與清貧◉水雲齋

【華麗與清貧】

你混蛋！你要我殺人哪？
我裱了一輩子畫，救了一輩子畫，
你居然叫我當劊子手啊？
你給我滾！」

水雲齋

從小，我就愛逛裱畫店。因爲在那兒，我可以看見古今名家的眞蹟、學習裱畫的技巧，更可以細聽裱畫師傅的畫論。直到今天，每當朋友問我曾經跟哪些老師學畫，我總是第一個提到我的啓蒙老師——水雲齋的王師傅。

王師傅是蘇州人，十歲開始到裱畫店當學徒，十六歲出師做伙計，廿多歲就成了老闆，由於他裱工精妙，又長於鑑賞，四十歲離開家鄉前，已經擁有三家大規模的裱畫店。「兩個肩膀扛個腦袋」地來到臺灣，則在我家巷口賃下一間小店面，重新掛起他水雲齋的老招牌。

「只要有牆的地方，我就能裱畫；只要有畫家的地方，我就餓不死。」「有道是：佛要金裝、人要衣裝、畫要裱裝。」這是王師傅的兩句口頭禪。

◉

水雲齋剛開的時候，生意並不好，有時三面牆上只掛了一兩幅字，細看，還可能是王師傅自己的手筆。儘管如此，王師傅還是有他的硬脾氣，也就是「劣畫不接，假畫不裱」。有一次我問他：

「您既然開的是裱褙店，別人拿畫來裱，您怎能不接呢？」

「這妙了！」王師傅瞪圓了眼睛：「畫家有所謂劣紙不收，金石家有所謂劣石不應，我裱畫家當然也可以劣畫不裱啊！那些粗俗的作品，不但可能因爲胭脂太多，掉色，而弄髒了我的刷子；看久了會傷害我的裱品；掛在牆上還可能帶壞那些好畫呢！至於假畫不裱，是不願壞了我水雲齋的老招牌，和我王師傅的氣節。你想，……」他突然跨前一步，湊近我的鼻子：「明明知道那是騙人的贗品，還特意爲他裱褙、裝潢，這不單是收贓，而且成了共犯，我就算餓死，也不能幹哪！還有那些造假的人，自己有名有姓，卻偏偏要偷別人的名字來用，如果他畫的工夫差，是有損於別人；如果他畫的工夫好，而不題自己的名字，是有失於他自己，這種幫他損人不利己的事，我怎麼能做呢？」

所以當客人拿畫去裱的時候，總可以看見王師傅低著頭，悶不吭氣地戴上他的老花眼鏡，慢吞吞地打開畫外的捲紙，然後徐徐展畫。

這時老顧客多半會屏息以待，我這個小鬼也少不得心跳加速。據我多年觀察，一張畫如果能得王師傅全幅展開看，大約總不是劣作。若再經他扶正老花眼鏡，俯下身，把整個畫嗅上一遍，則可能是了不得的珍品了。

這時，王師傅八成會把頭，上下左右那麼一晃、一點，再慢慢把畫捲好，摘下眼鏡，抬起臉，要笑不笑地說：

「好畫！但是上板（畫經裱褙後，貼在牆上）至少一個月，您要是急的話，我可不接。」

如果對方點頭，王師傅就進一步問：「什麼顏色？怎麼個裱法？打算掛在多高的屋子裏？」

此刻熟主顧多半會說：「全聽您老的意思。」生客人不知王師傅的脾氣，少不得東挑西撿地看綾子、比織錦、算尺寸、選框子，但是到頭來，八成還得聽從王師傳的。因爲當王師傅「相」完畫之後，心裏早有個底，客人的意見跟他一致，當然好，否則不僅當面要聽上一番大道理，走了之後還可能挨上兩句：「眞是李易安適張汝舟，配茲駔儈之下才。」

最可憐的是，有些畫王師傅只展開三分之一，就又捲上，然後雙手奉還道：「對不起！這幅畫小店不會裱，您還是另找別家吧！」

◉

儘管王師傅審核甚嚴，還是會有漏網之魚，記得有一天我去水雲齋，看見他老先生，正坐在案前生悶氣，桌上則攤著一幅溥儒的山水。我問他不高興的原因，他先不說，後來按捺不住了，才指著那幅畫說：「這是張假的，我居然沒看出來，到裱的時候，才發現下頭有那麼多鉛筆印子，敢情是摹出來的，我眞是老昏頭，不幹了！不幹了！」

當然水雲齋還是繼續開了下去，只是鑑評得更嚴格，有時一張畫，他居然得看上二十來分鐘，才決定接不接。

「您這樣嚴格地挑下去，只怕以後沒有客人敢上門了！」我勸他說。

「沒人上門，我就不裱，我糊我的書。」

果然他沒畫裱的時候，就坐在屋後小桌子旁補舊書。也不知道從那兒來那麼多又老又破的書，有線裝的古本，也有近代的作品。只見他耐心地將破頁處補好，脫線的重裝，並一一加上書皮、修整書邊、壓平、晾乾，再以工整的小楷，寫上書名。一堆堆爛書在他手裏，都換上了新的面貌。

王師傅這種一絲不苟的修書，眞是極費時間和精神的，有幾次我深夜打他門口過，看見裏面還亮著燈，第二天必然又能見到一批「新書」。我每次問他給誰補書，王師傅都不說，直到某日我在牯嶺街看見一批完全相同的書，才知道他是爲在那兒擺地攤的朋友修補，而每本只能得到幾毛錢的報酬。

◉

牆上的畫少，地上的書多；頂上的髮漸少，額上的紋漸深。王師傅始終不改他「劣畫不收，假畫不裱」的原則，也就靠修補破書度過了好幾年。而在這些年間，偶爾有好畫求裱，雖然多半是古畫揭褙重裝，極費功夫，王師傅居然只收少許的費用。看他彎腰弓背，卻精神抖擻、滿懷興奮地把古畫的托紙一條條地搓掉，我禁不住問：「這樣費工的畫，您爲什麼不多要點錢呢？能收藏名家巨蹟的人也不在乎這些啊！您何必那麼苦自己呢？」

豈料他居然笑著說：「你要知道，那麼名貴的畫，人家拿給我這個老朽來裱，是瞧得起我水雲齋，人家是給我面子，我根本就不該要錢，何況這種神品掛在我這個小店裏，使我蓬蓽生輝，免費欣賞，我還得給人家錢呢。」

他這麼說，我只好不吭聲了。

◉

看王師傅重裱古畫，眞是一種享受，他在裱裝之前，總先要掛起來看上許久，謂之「審視氣色」，一方面看看原來裱裝的技巧、格式，做爲重裱的參考；一方面研究應當如何處理，以恢復古畫的舊觀。

「古畫的裱裝也要古，如果裱得太新、太漂亮，則有置深林高士於新貴筵席之感。而且不但古，還要高；古而不高，不是眞古。」王師傅說：「至於審視氣色，則是爲古畫看病，古畫經歷年久，有時染上沈疴，譬如黴點、黑斑、蠹蝕，必須細細淋洗、小心揭補；又有些只是得了老人病，所謂昏黃晦黯之氣，則翻船變黑處，要用鹼水漂白；煙蒸塵積處，當浣洗乾淨。如果不先審視氣色，就好像醫生不診病情而斷然用藥，常會出麻煩。」

看王師傅揭畫，眞不得不佩服他的耐性，一般畫加托和底背，總有三層以上，只見王師傅把畫面朝下平鋪案上，再將畫噴濕，而後將托底的紙一層層地揭去。有時紙厚，舊裱的漿糊又輕，倒還易揭；至於紙非常薄，而又黏得極緊密的，則須用手指一層層地搓，稍不小心就可能把畫弄傷。所以一幅古畫的重裱，往往要費上王

師傅好幾天的工夫。而且上壁（將畫貼上牆壁）、下壁也有講究，所謂

「上壁宜潤，貴其滋調；下壁宜燥，庶屏瓦患；燥潤失宜，優劣係焉。」

◉

雖然王師傅的脾氣不改，怕進水雲齋的畫家也相當多，但是老天有眼，幾年熬下來，水雲齋的生意竟然愈來愈好。據我分析，是因爲王師傅「不裱劣畫、不收僞作」的聲名被藝壇傳開，大家莫不以己作能入水雲齋爲榮，收藏家們也都以自己的藏品是否曾通過「王大師」的鑑評相誇，甚至海外都有人專誠攜畫來請王師傅過目，自然顧客盈門了。

但是王師傅不以爲然，認爲這都是由於民生富裕，收藏家和畫家愈來愈多，好作品愈來愈夥，才使他的生意興隆，而他最強調的仍然是：「劣畫不應，僞作不裱。」

◉

生意日多，水雲齋終於收了一個十五、六歲的小徒弟，據說是王師傅的遠房親

戚。

「從來也沒聽說您有這麼一門親戚呀！」我問：「我以爲您在臺灣就一個人呢！」

「過去我生意不好，吃飯都成問題，親戚們自然也難得見面。」王師傅笑笑。

但是這個徒弟沒到半年就不做了，爲的是在王師傅不在時，收了一張假畫，被王師傅臭罵了一頓。

此後水雲齋又陸續收了一些徒弟，但也都做不長，主要是因爲王師傅不讓他們動手，偶爾派些糊邊的工作，又要求得太嚴格。爲這事，我特別勸他：

「您不是也從學徒出身嗎？總得讓徒弟動手，將來才能成夥計呀！」

「這話是沒錯，但不能說才進門就動手啊！我當初掃了三年地，擦了三年桌子，還沒輪上『包邊』，今天的徒弟才學三天，就想飛托、揭褙，半年就想出師開店，眞是笑話！」王師傅激動地說：「裱畫就像看病，庸醫會醫死人，壞的裱工會毀了畫；人死不能復生，畫壞也難以挽救，怎能不慎重呢？所以每個徒弟一來，我先教他們如何看畫，如何欣賞，使他們懂畫、愛畫。因爲裱畫跟開機器不同，必須心中愛慕，手底才有奇巧；如果心裏對畫毫無情感，只是爲錢裱裝，如何裱得好，又如何能不見利忘義，而胡裱、亂裱呢？」

「那麼您對畫有這麼深的修養，也是從前師傅教的囉！」我問。

「一小部份是我師傅教的，其餘靠自己學。」

「怎麼學呢？」

「跟客人學呀！裱畫店是最好的地方，因爲來裱畫的人，不一定說眞話。但是到裱畫店來的人，看旁邊沒有同行的熟人，則可能品頭論足，對每幅畫表示意見。從各家風格、長短、鑑定、史實，乃至筆墨、氣韻、布白、設色、款題、蓋章，無所不談，雖不盡然對，但聽久了、聽多了，截長補短、去蕪存菁，私下再找些繪畫史和理論方面的書籍，自然眼明心淸，能引出自己的見解。所以我固執不是沒道理，我是在虛心學習幾十年之後，自信有能力，才敢鑑評的。可不像那些看了兩本畫論、唸了幾天洋書，就亂寫文章、目中無人的小夥子。」說到這兒，王師傅突然壓低了嗓門兒：「你別看我這麼自以爲是，實則到今天，我還在偷偷地學。這是活到老、學到老哇！」

◉

於是我也成了半個學徒，從讀高中的那年開始，每天下課就先到水雲齋報到。

王師傅最初教我的是「接紙」。過去我畫大畫，如果想把幾張紙接在一塊兒，總會看出接縫，但是王師傅教我如何用圓刀把紙邊刮毛，細細塗上漿糊，順著紙的紋路覆上另一張紙，而後刷水，再用刀把多餘的紙刮掉。這種接紙法，由於兩張紙的接觸點呈曲線，而且每張紙的邊緣都被刮薄，所以裱好之後能完全看不出接痕。同樣的方法，也可以把畫上不佳的地方整個挖下來，再補上另一張白紙重畫，而天衣無縫，但是王師傅教我的時候特別強調：

「你雖然學會了接紙、挖洞和開刀補畫的技術，但是不能因此在作畫時心存僥倖，而落筆草率，以爲壞了可以挖掉。你要知道騙得了今人，可騙不了後人哪！等以後別人重裱的時候，就會發現，而難免被笑話了。畫是千秋事業，不僅要畫給當代人看，更得考慮到身後。」一他指著牆上的一幅古畫說：「你看！這張畫的用筆無處不好，卻敗在人物衣著的白色塗得太亂。這是因爲畫的時候，絹是白的，白絹上畫白色，粗略些也看不出來，豈知經歷長久的年月，絹色變黃變暗，蛤粉卻依然純白，過去的馬虎和散漫自然顯了出來，這就是因爲畫家當時沒爲以後著想啊。」

◉

除了教我裱畫的技術，王師傅更不時對我分析古今名家的作品，從皴、擦、點、染、設色到款題的位置，用印的巧拙、印色的雅俗，乃至縑素的織工、顏料的製作、膠礬的用法，這許多東西我過去只能一知半解地在書裏讀到，而今經王師傅一指點，就豁然貫通了。因爲王師傅的理論是與實際相結合的，每一樣東西他都親自體驗過，講起來自然使人容易領會。此外王師傅更有許多地方能見一般人所不能見，即使是專門研究書畫鑑定的人也無法超越他。

「一般人看畫，就好像人看人，只能瞧打扮、看面貌、觀體格；但是我看畫卻能由外看到裏，不但看外貌，而且把衣服扒下來看裸體，進而觀氣色、把脈搏，怎能不深入呢？」王師傅常得意地說：

「所以有時候名鑑藏家在我店裏看圖章、驗款題、算干支地，指著牆上的畫品評，我卻在旁暗自好笑。因爲他們沒想到那些款題和印章都是古人挖補上去的，題記蓋章誠然不假，但是畫可不眞哪！我當初收下時也看不出來，等到一揭底重裱，可也就揭了那張畫的底牌了，這不是揭今人的底，而是揭了幾百年前古人的底，我不是比包青天還神了嗎？」講到這兒，他神秘兮兮地對我一笑：

「不過碰到這種情況，我也只當不知道，因爲說出去一則會使那些鑑藏家下不了臺，二來也壞了我水雲齋不裱假畫的招牌，所以儘管我號稱不裱假畫，實在還是有不少『好贋品』是從這兒出去的啊！」

◉

王師傅對許多現代科技十分痛恨，他恨打門口過的汽車愈來愈多，使得牆上的畫可能受油煙的污染；恨製紙工廠在紙裏加太多漂白劑，日後可能影響畫面；恨化學製的軸頭，認爲它輕俗而不可耐；恨鋁合金的掛鉤，認爲它慘不忍睹，他尤其痛恨現代造假畫的「科技」，他說：

「以前造假畫，把紙染黃，總是用土黃、茶汁、橡子水，現在那些傢伙造假，則不知道要什麼新花樣，用化學藥劑熏，把好好的絹能熏得又黑又脆，活像千年前的老古董。幸虧那些紙絹他們造不了假，織工的粗細、疏密，尺幅的大小，我王師傅只要一眼就能辨識。可是現在居然有人用什麼照相製版的鬼法子做假印章，印出來跟眞的一模一樣，如果造的又是近代像齊白石這些人的畫，紙張印色沒什麼大區別，而造假的又是畫壇高手，可就考住我了。」

提到齊白石，我發現每當有人拿齊白石的畫去裱，王師傅總會問一句：「您要不要約個時間來看著我裱啊？」原來他是爲了表示自己絕不會偷畫。他曾對我說：「齊璜的畫是可以偷的，因爲他愛用生宣（未經膠礬處理，會吸水的宣紙），生宣常有兩三層，齊璜的筆墨又重，所謂水暈墨彰，一筆下去可以直透紙背，所以小心揭，一幅能揭成兩張，而且除了印章或用筆較乾的題款之外，跟原作可以說是一模一樣。所以我都得問問收藏家，是不是要看著裱。」講到這兒，他突然頭一抬，眼一瞪：「可是話說回來，有些傢伙假內行，不曉得從哪兒弄來幾張熟紙（不吸水的紙）工筆的老畫，居然把我當賊似地要釘著我裱，我王師傅再有本事也沒法把那畫揭成兩張啊！他只聽說裱畫店能偷畫，也不問問怎樣的畫能偷、能揭，硬充內行，眞是可惡！」

◉

王師傅的脾氣雖然不好，但是跟他認識七、八年，我只看過一次，王師傅指著客人的鼻子罵。事情是這樣的：

某日有位客人拿一幅倪雲林的山水請王師傅裱，王師傅展畫不過一半就頻頻點頭。那張畫下方描繪的是一叢枯樹，上面則見幾條淺渚、遠山，構圖非常簡單，可是歷代鑑藏家的題句卻相當多，王師傅看了半晌，自言自語地說：

「倪瓚的畫，筆墨簡淡，且多不設色，不畫人物，大概因爲家在無錫，受太湖風景的影響，而喜歡用折帶皴法，作遠灘、淺渚、枯石，雖然布置簡單，但是別有一種蕭疏澹遠的趣味。這不是強力學得的，而是人品的自然流露，人品不高，不可能有這種作品，所以倪雲林的畫要細細翫味，從簡略處找奇趣，自平澹中覓天眞。」接著抬起頭，對那持畫來的客人說：「好畫！不知道您要怎麼個裱法，我一定盡力爲之。」

客人堆上滿臉的笑：「我久仰您水雲齋王師傅的大名，知道任何畫只要您王師傅肯接，就必是眞蹟，所以特別拿來請您幫忙。」頓了一下，客人指著畫面中間一段象徵水的空白處說：「麻煩您把它從這兒切開，然後裱成兩張，我出高價……」

「什麼？」不等那人說完，王師傅已經跳了起來：「你要我把這張畫攔腰切成

兩段？」

「是啊！因爲兩張上各有倪雲林和鑑藏家的款題和蓋章，可以分開賣，要比原

來一張價錢高得多。」

王師傅沒立刻答腔，緩緩把老花眼鏡摘下放在案上，然後繞過桌角，把臉湊到

那人面前，突然瞪圓了眼睛，渾身發抖地破口罵道：「你混蛋！你要我殺人哪？我

裱了一輩子畫，救了一輩子畫，你居然叫我當劊子手啊？你給我滾！」

那人當然落荒而逃。爲了這事，王師傅一直鬱鬱不樂，他不斷對我說：「這年頭，人心壞了，爲了發財，居然有人會出這種鬼點子，只恨我今天沒錢，要是當年在老家碰到這種情況。爲了救那張畫，拚著賣掉一間店，也得把它買下來。而今雖然我不給他裱，但是總有人會幹哪！我這是見死不救，怎能不傷心呢？」

◉

大概也就因爲這回的刺激，加上年紀大了，王師傅的身體愈來愈差，裱的畫也愈來愈少，除了幾個熟客人的東西，不太接新的生意。我雖然因爲搬家，並進入電視公司工作，不能像從前一樣，放學之後先去水雲齋報到，但是仍然常去探望他，並拿些自己的作品請他裝裱和指正。

「現在年輕人還老老實實下功夫的愈來愈少了！」王師傅有許多感慨：「學個兩三年傳統技巧，連筆墨都抓不穩，就想畫大畫。再不然拿西洋素描的那點底子，把墨一層層地往紙上堆，或是稀里呼嚕地搞『潑墨』。中國畫早在王維、王洽的時候就有破墨、潑墨了，但都是有道理的啊！要說特殊技巧，吹雲、彈雪、撞粉、點漆，甚至拿榕樹汁貼金，古人的方法多了！可是總要有根本的基礎，這些技巧才站得住。不會走，就想跑，哪兒有不顚躓的呢？

「還有一點，國畫講究的是境界，不是求『盡似』。所謂超於象外，得其環中，總要胸中有逸興、有超想、有情思，落筆才有內容，這跟西畫搞寫實不同，國畫才有幾種顏料，又不易塗改，西洋油畫則有幾百種顏料，而且能不斷地添加，國畫畫得再像，又能超越洋畫嗎？

「丹青猶文也，國畫比西畫強的地方是『文』，不是『似』，是神韻，不是形貌，可惜現在許多畫家只知在畫面上下功夫，卻不知在畫外求神理、找境界、增學養、修人品，這樣怎麼可能畫得好呢？加上用廉價的西洋廣告顏料，代替石青、石綠、泥金，表面上看雖然差不多，但是如何傳之百代？唐代的青綠山水到現在還鮮麗如新，而今這些廣告顏料能辦得到嗎？」

◉

我想王師傅的這套理論不僅講給我聽，大概每個到水雲齋裱畫的人都聽過，而且據說沒聽完還不准走，許多藝壇的朋友都跟我抱怨王師傅雖然畫裱得好，但是愈來愈嚕嗦，固執、脾氣又大，令人受不了。不過我倒沒有覺得，只是發現他更孤獨、更瘦弱了。有一天我報完新聞，很意外地接到王師傅的電話，他蒼老的聲音變得更顫抖了：

「劉小弟，我收攤不幹了，我要上山修道，今兒晚上就走。」

放下電話，我立刻趕到水雲齋。店裏那方橫匾，已經摘了下來，王師傅和兩位老先生坐在屋角昏黃的燈光下，看見我，他顫悠悠地站起來，迎向門口。

「您爲什麼不做了呢？」我問。

「我眼睛不成，也裱不過人家了！」

「您的工夫有誰能比呢？」

「可是我太固執，我非叫人貼板三個星期以上不可，別的裱糊店三天就能下板，框子也做得快，我怎麼能爭得過呢？現在的人都急，只問工快、價錢便宜，卻不想想以後畫會不會翹、框子變不變彎，更不去注意綾子對花和托底的紙質了。所以我想休息、休息，到南部山上的廟裏住一陣子！」

我招了輛車到門口，把王師傅的行李搬上去。他傴僂著回身鎖門，有位老先生，大概是他的房東，叫他不必鎖了，但是王師傅還是小心地把門掩上。他非常緩慢地轉過身，仰頭看看天：「今兒的月亮挺圓。」

月光下，我看見他眼裏的老淚。

◉

一路上王師傅都沒說話，問他通訊地址，他也不吭氣，直到進火車站，臨上車，他突然從懷裏掏出一本書，看來已經相當舊了，上面題著「周嘉胄裝潢志」幾個工筆字。他把書重重地交到我手裏，我握住他顫抖而蒼老的手，似乎感覺他全身的重量都墜在我的掌心，我趕緊將他抱住，唯恐他會頹然跌倒，他却把我慢慢推開，站直了身子，眼中突然閃出奕奕的光芒，彷彿我十多年前初次看到他時一樣：

「這本《裝潢志》你留做參考，裱畫這門工夫是從宋朝的范曄開始研究的，一般人總以爲裱畫是裱褙師傅的事，豈知沒有畫家，焉有裱畫；沒有畫家的研究、要求，又如何發展出裱裝的格式、理論？所以只有在藝術家不斷要求改進的情況下，裱畫這門工夫才能發揚光大。我要再強調一次：畫是千秋事業，而裱裝得好，足以延長畫的生命、增添畫的光彩，所以藝術家對裱工的要求是千萬要嚴格的。」

說完，他伸出兩隻顫抖的手臂，抓了抓我的肩膀，擠出一個苦笑，突然轉身，便頭也不回地登上火車。

◉

離開王師傅，到現在已經五年了，沒得過他的半點音訊。今年春天，當我在紐約聖若望大學教書時，有個美國學生拿了一幅他收藏的國畫請我鑑賞。才將畫接過，就覺得有股說不出的親切感，金粟牋的貼籤、柚木的軸頭、素雅的淡灰色綾子和純銅的繩圈，都是我最熟悉的。

展開畫，是清代費以群的作品，畫雖不極特出，但是襯托在淺灰光潔的綾邊間，自然有一種高古、雅澹之感，我敢斷定是出於王師傅之手，因爲它自然而然地把我帶回水雲齋的記憶。

「這畫的裱裝眞是太好了！」學生說：「據說是一位在臺灣的王先生裱的，只是他似乎不見了。近兩年我有畫託臺灣的朋友爲我拿去裱，都裱不了這麼好，因爲美國的天氣乾，別人裱的畫不但會翹，而且木軸會裂，只有這一張永遠平滑、完美，您能幫我再找到這位王先生嗎？」

「我想可以吧！只是不知道他還願不願意裱了。」

在遙遠的異國，居然能遇見知音，王師傅要是聽到，眞不知會有多欣慰呀！

【華麗與清貧】

我突然震動了，無法抑止地顫抖，
我緊緊抓住他的雙臂搖著，
要說話，卻說不出來：「您的眼睛？」
「瞎了！」他沙啞地幫我說了出來。

水雲齋

——在奈良

不是第一次到奈良，卻有著無比的興奮，因爲就要跟闊別十年的王師傅碰面了。找了近四年，早以爲他老人家已經不在人世，這次的重逢，該多像是一場夢。

記得四年前我初次返國，就到處打聽王師傅的消息，先至南部王師傅退隱的廟裡尋找，說他因爲糖尿病下山療養就沒回去，使我只好到王師傅以前開「水雲齋」裱畫店的和平東路打聽，豈知幾年離臺，地方全變了樣，和平東路被拓寬，哪還有當年那排矮房子的影兒？好不容易在金山街的巷子裡，打聽到當年王師傅的一個鄰居，也說早沒了他的消息，倒是幾年前有人拿王師傅親手寫的條子，取走了寄存的水雲齋匾額和裱畫的工具。

「想必王師傅是重新開業了！」我說。

「笑話！看他的條子，連字都寫不清楚了，東缺一筆，西少一劃！」那人嘆了口氣：「早不是當年一把歐字的老王嘍！只怕已經不在了……。」

我不願相信他的話，但事實是接下來的兩年，怎麼也找不著王師傅的影子，直至去歲到東京開會，聽一位日籍老畫家田中青坪談到現今日本裱畫界有位中國老師傅，當時便直覺地想到是他，再多方輾轉打探，居然在十月初接到王師傅的信，雖是別人代筆的，但由其中的語氣、稱呼，我彷彿已經眞眞實實地握住他的手，如同十年前在臺北車站月臺上送別時一樣，那麼溫暖、那麼厚實。

接下來的近一個多月眞不知是怎麼度過的。由於在學校得教課，使我不能一刻離開，可是對於這位如師如父的老人，我卻是無比殷切又焦急地想要立刻跟他見面。他是國寶啊！中國有數的裱畫巨匠之一，十年來，我有多少問題埋在心底，等著他解答、釋疑。

◉

終於盼到了！我彷彿一下子又飛回了童年：每天放學後，便靠在王師傅的裱畫桌旁，看那孤寂的老人，一刷一刷地裱褙字畫，同時品評著四壁的作品……。

來接我的是位日籍青年小川，居然能說流利的中國話。車子沿著三條通向東走，

△為了寫《水雲齋在奈良》，我在東太寺附近盤桓了兩個星期。

經過了興福寺的寶塔，直奔春日大社，又左轉上坡直向「二月堂」開去。

「王師傅是住在寺裡嗎？」我問小川。

「不是，但靠得很近，這是非常特殊的地區，一般人是住不進來的。」小川說：「看來劉先生對奈良相當熟悉。」

說著車子已經停下，正在二月堂的旁邊，我有些疑惑地下車。

「得請您走幾步了，因爲王師傅住的地方，車子開不進去。」

我們沿著一條左右都是斑駁老牆的巷子前進。那是下坡，走不幾步，便有個臺階，怪不得車子進不來。牆角猶然積著殘雪，隔著瘦瘦的黑松，遠處正見東大寺金色的鴟尾，在夕陽下閃亮著金光。

步子終於停在一個老宅前，看來像是僧侶的清修院，深褐原色的木門吱吱呀呀地開啓，兩邊有著盤錯的老松，石板道直通向第二進門。豁然開朗的庭院，正是深深深幾許！

◉

我無心多看，匆匆的步子，幾乎超過了帶路的小川先生，逕向正廳，幾乎是小跑地奔去。我可以看見糊著白紙的格子門開了一線，門後有個女人的花衣服，一閃便不見了。小川朝裡輕喊了一聲，我們已經衝上臺階。

正廳的門即時向左右開啓，兩個年輕的男士扶著門行禮。室內的暖氣撲面而來，眼鏡上立刻凝了一層厚厚的霧，使我不得不摘下來擦拭，却抬頭模模糊糊地見到一個緩緩走出的白髮老人。我衝向他，以那十年後重逢的興奮以及幼子的孺慕，張開我那冰冷的手，握住他的雙臂。但是他沒有動，只是慢慢抬起一隻手，顫抖地探到我的肩頭：「就是這麼高，看你長大的，眞是你耶！」

「是！我就是這麼高！」我近乎抽搐地笑著說。但是他老了，弓了腰，使我不得不彎下身凝視他的臉。我突然震動了，無法抑止地顫抖，我緊緊抓住他的雙臂搖著，要說話，却說不出來：「您的眼睛？」

「瞎了！」他沙啞地幫我說了出來。

早上八點鐘，當我走進「臨亭」，王師傅已經端端地坐在那兒。千子把軟墊放在隔几的正對面，示意我坐下，便悄悄地掩門退了出去。

無比地安靜，只有几邊不遠處火爐上的鐵壺，發出沙沙的水聲。

「昨夜睡得還好吧？」王師傅的頭沒有動：「多住幾天，如果你沒有別的約的話…，再一別，又不知是什麼時候了。」

「知道您在這兒，我會常來的。」

「你常來，只怕我不會常在！」

空氣突然凝重了下來，沙沙的水聲，勾出一縷縷淡淡的水氣，我突然覺得王師傅變成了一尊古佛，在香煙裊繞間被供奉著的古佛。他跟以前不同了，是失明的打擊？還是環境的改變？我直覺地感到，他不再那麼熱情，反而變得冷峻了……。

「你大概覺得我變了，你看到那壺嗎？鐵做的，感覺上是那麼冷硬，但是它嘴兒裡不正冒著水氣嗎？它的肚裡不正在沙沙地沸騰嗎？它的表面不是燙手的嗎？那就是我，到這兒快五年了，我已經變成了這麼一隻鐵壺。」

「您受苦嗎？」

「我很享福，除了當年在蘇州，我想這兒是最舒服的了，何況我這麼個瞎了眼的老頭子，居然能被請來，當個佛爺供著，也當個猴兒拴著……，當然，這也只怪我看不見，自己動不了，多虧有千子。」淡淡的晨光灑在他的臉上。

「聽說今天要下雪。」他把頭轉回來，我的視線反而被外面的景色引了出去，那庭院很大，池塘裡因爲結冰而看來一圈白、一圈灰地。隔著池塘有成列的松樹，簇擁著更後面的一片竹林；池塘的邊上，想必是那種半泥半水的地方，冒著許多枯梗，有些像鳶尾蘭的殘枝；獨有那叢叢的蘆花，在北方斜斜的光線下，變成一種銀裡帶黃的色彩，正如我眼前老人的一頭白髮。

千子推門進來，托著茶盤，爲我們斟茶，竟然是凍頂烏龍的清香，老人的喜愛。

「中國茶，烏龍。」她以生硬的國語說，接著轉到老人的旁邊，爲王師傅挽了兩折袖口，露出老人嶙峋的手腕。

「袖子大，常刮翻茶碗。」老人居然笑了，這是我此來第一次看見他笑，竟笑得有些靦腆。

似乎這一笑，老人便解凍了。他開始爲我講述如何被日本人請來東瀛，如何應酬許多畫界的訪客，又怎樣被安排在這個若草山畔的居所，以免被打擾。

「但是一直到今天，我仍然堅持喝中國茶，吃中國菜，穿中國衣服，說中國話。」老人發出爽朗的笑聲。端坐在旁邊的千子露出驚訝的神色，接著不好意思地把眼神轉向屋角一個掩了布的扁額上。

◉

下午，老人的心情更好了，居然提議要陪我到外面走走。消息傳下去，只聽見走廊上不斷進進出出的腳步及耳語聲，而當千子和我扶著老人步下玄關時，院子裡居然站著四個男人，包括小川在內。

「我們往山下走不遠，沿著石階，用不著車子。你們都留在家裡，注意濕度。」老人以命令似的口氣說，四個人便深深鞠躬退下去。

「都是研究生，這批年輕人，挺不錯的。」

「研究生？」

「研究裱畫。」老人乾笑了兩聲：「不然養我這個老頭子幹什麼？」

我們沿著石階向下走，老人不時地靠向路邊，伸手摸那低矮的土牆，但是因爲路邊積雪，使我和千子不得不以幾乎是抬架著的方式，在旁護衛。

「跟老家一樣，先用竹做骨，再拿黃泥拌稻草、小石子往上夯，外面刷上白堊土。就因爲是泥做的，不結實，所以牆上都得加瓦，不然下不了幾場大雨就垮了。雖回不了老家，在這兒摸摸，倒也覺得親切，這牆大概也上百年了，外面的白堊土早就斑斑駁駁，片片地掉落，露出裡面的黃泥，摸起來粗粗礪礪地，卻仍然是土啊！眞眞實實的土，除了乾些，跟那地上的沒有兩樣。一站就站了一百多年，爲牆、爲障，也累了，只不過哪天突然崩頹，又成了大地的一部分，又長出花、長出草。」

我們走到一片平坦的土坡上，沿著左邊一棟古老的宅第前行，其它的季節想必鬆軟的泥土，在零下的氣溫裡，卻硬得像是岩石。有些鴿子撲撲地掠耳飛過，停在牆頭。才發現那已經半傾的牆瓦間，竟然長出了幾株青苗。

「是不是該回去了？」千子靠在老人身邊：「再過去就上東大寺的鐘樓山了。」

「我還想去看妳呢！」老人笑著。

「他是想去看阿修羅。」千子說：「興福寺裡的國寶。」

「據說那阿修羅梳著高高的髻，瓜子臉，圓圓的下巴，總是輕蹙著眉，大家都說長得像千子，千子是若草山畔活著的阿修羅。」

「那是尊乾漆的立像，有三個臉，六隻手，我又沒有，怎麼會像阿修羅？如果

△在奈良三月堂附近得到這張畫意，題為《暮鴿》。台灣九二一大地震後在華視節目中義賣，游忠毅先生以八十萬元購得。

是，你就是佛。」

◉

「在興福寺？」我好奇地問，雖然來奈良多次，竟然不記得這個阿修羅。

「是啊！可不是王羲之「興福寺斷碑」的那個興福寺，但是名字跟中土一樣，聽來就覺得挺親切的。尤其是聽見它的鐘聲，隔著林子送過來，使人想起『餘響入霜鐘』和『語罷暮天鐘』的唐詩。唉！奈良，如果說我願意長留下來，豈只因爲它是奈良，實在因爲它是大唐。」

「大唐？」

「是啊！譬如眼前這座東大寺，中國唐朝就建了，根本就是唐代的式樣，我雖看不見，聽千子說那樣子也知道。還有東大寺後面的正倉院，全是日本國寶，牧溪、梁楷都在裡頭。正倉院爲了怕古物受損，一年難得開兩回，每次我都要去看看。」

他苦笑了笑：「該說是去聞聞嗅嗅，這就叫『唐風』啊！」

「日本人爲什麼特別尊崇牧溪和梁楷呢？」

「你應該說日本人尊崇所有的中國藝術。當中國強的時候，他們一個勁兒地吸引學習；中國弱的時候，日本人就自己創。妙的是日本人新的學得快，舊的忘得慢，他們很懂得調諧新來的與舊有的東西，就像餐廳裡的紙格子門，卻做成電動的一般，看來是古老傳統的紙格子門，實際卻有了現代的方便和快速。」

「這跟牧溪和梁楷有什麼關係呢？」

「當然有關係。牧溪、梁楷和馬夏，應該是中國給日本繪畫的第二波大影響。第一波是唐畫，由遣唐使帶來；第二波則是南宋畫，主要推動者是僧侶和武士階級。今天的日本畫怎麼都看得出這兩次影響的痕跡；譬如那色彩強烈、具有裝飾趣味的膠彩畫，根本是唐代畫法；至於飛白趣味的水墨作品，則是南宋的趣味。問題是，日本人懂得如何把這兩種完全不同，一個艷麗，一個清淡的畫法調諧在一起，並將某些特別技巧加以發揚光大，結果成爲了他們的風格。說穿了，不論光琳、狩野、圓山、四條這些畫派，都是由中國畫脫變出來的，但是變得妙，就跟今天日本的科技一樣，學西方，但是往往強過西方。」

「可是日本藝術又有哪些地方強過中國呢？」

「在氣魄上很難強過，這是民族性，但是在細膩、優美和精緻上，他們有傑出的成就，這與他們作畫的態度有關。所以日本雖然也有文人畫，也戲墨，但是戲得更謹慎，雖然出不來像文長和八大那樣的恢宏氣度，卻產生了許多像是竹內栖鳳、橫山大觀的畫家。」說到這兒，老人突然長長地歎了一口氣：「很多國畫的毛病，裱畫人也有錯。你自己是畫家，想想如果人們去裱店花個兩三百塊就能裱好，沒幾天就縐了，他會珍視嗎？而當你知道自己的作品，將被裝在粗拙的框子裡面，外罩一張塑膠布，又會好好畫嗎？我們回去吧！」

一路上，他沒有再說話，出來時的興高采烈，不知爲什麼，一下降到了冰點。他的脾氣變了嗎？只有天知道。而天，正飄下細細的雪花。

◉

晚餐後，習慣早睡的老人逕自去休息了，我一個人留在臨亭。雖然感覺上這個大宅院裡人口衆多，但是自從我來，中飯、晚餐都是和老人共食的；早餐由於老人不吃，則是由千子端進我房裡。

北方冬天的日子短，雖然只是六點鐘，天空早就暗了，但是由於院子裡的積雪，映出一種帶有紅色的光暈，使我想起「映雪讀書」的孫康，和唐人「綠蟻新醅酒，紅泥小火爐，晚來天欲雪，能飲一杯無」的詩句。

突然門外輕叩，眼前一亮，是一身白色和服的千子。「爲什麼不開燈？」她雙手扶膝，扭身繞過小几，點亮了頂上的電燈，又小碎著步子去檢視了鐵壺裡的水。這連續的幾個動作，彷彿是事先完全算好的，在黑暗裡，那麼圓融快速而準確，這或許是日本古典式女人的特色，俐落、快淨，怯怯地用氣多於聲的方式講話，全表現在這個奈良古都的女人身上。該有四十好幾了，步子的小，仍然是二十歲嬌羞女子的風致，只是那霧鬢雲鬟間多了幾絲華髮。

「只有這棟房子裡可以生火爐、燒水。」她一邊挑大爐火，一面斜著半邊臉，似乎用下巴指了指左邊窗外：「旁邊那棟不行。」

「爲什麼？」

「裱畫！」

「老先生還能裱畫嗎？」

「裱的，但除了幾個徒弟，不准外人看。」

「爲什麼？」

她默默地走到屋角，站在那蓋著布的匾額前面，將那布輕輕掀起一角，我看到「水雲齋」三個斗大的金字。

第三天起得稍早，但是走進臨亭，王師傅又好像已經等待多時了；依然是那麼端坐著，一襲灰袍，在晨光和庭雪的映照下，如結趺禪定的老僧。

「今天早上我要裱畫，你想不想看？」他突然開口問我。

「當然！好極了！說實在話，我已經盼望看您裱畫近十年了，尤其是在美國教書的這八年當中，不得不自己裱，每碰到問題難以解決，就會想到您！」我興奮地說：「我常恨小時候雖然天天跟在旁邊看，却看得不夠仔細……。」

「看管什麼用，要摸，要想，用心來看，不是用眼來看！」他好像有些賭氣地說：「你那時候太少動手，當然不行。」

我有點想回他一句：「是你不准我動手，不是我自己不想裱。」但是話到嘴邊又吞了回去。這時王師傅已經開始移動，我趕緊過去扶他，因爲他腿不好，每次盤坐之後，總得有人拉著才能站起身。他却推了推我：「叫千子！」說時千子已經站在了門口。

我們從正門出來，向左轉，到院角的另一棟房子。那房的樣子十分古怪，建得很高，活像是個二樓，但是樓下只有粗粗的支柱，有點像是築在水上的那種「吊脚樓」。樓梯也陡得厲害，所幸幾個大男生在旁護持，把老先生很輕鬆地擁上樓去。

進到屋裡，我才驚訝地發現，那居然是個沒有窗的大統倉，只有屋子的正中央放著一張特大的裱畫桌，四壁則貼著一些作品。雖然全是地板，仍然要脫鞋，沁涼的寒氣直透腳心。

「聽說有東西要看。」

「是的。」

立刻就有個年輕人，拿著一幅特長的卷軸，爬上原已架在壁邊的梯子，在另一人的接應下，慢慢垂展開來。是一幅織錦裱裝的橫幅立軸，畫著一座正在失火的廟宇，熊熊的火焰彷彿要騰竄出來。

「這是川端龍子在昭和二十五年的『金閣炎上』，寬二百三十九點四公分，直一百四十二公分，東京國立近代美術館藏，由直野滿評議員送來請先生研究。」小川拿著一個夾子宣讀。

王師傅揮了揮手，立刻有個學生端過一盆水，千子拿肥皂為王師傅抹上手，再引他到水裡洗淨，另一個弟子則恭敬地奉上毛巾。

王師傅擦乾手，面對著畫，卻沒有動，他看不見，為什麼怔在那兒呢？小川似乎看出了我的心思，俯耳說：「他在等手上的水氣完全蒸發。」

在衆人屏息的等待下，王師傅終於伸出手……。他先找到畫的右軸，掂了掂軸的重量，再沿著右緣向上摸索，以指甲輕輕地畫過織錦邊與畫面間，找到中間的「接距」（畫面與綾邊相接處的白線），並沿著「距」摸到左側，然後手指向畫面上移動，撫過左邊黑色的松林，這時他突然轉身把右手舉著。

「乾淨的。先生！」千子低聲說。王師傅便繼續向畫面的右側探索，他的動作很慢，彷彿手上長了眼睛，讀著每一寸的畫面。說實在，他的動作是有些滑稽的，使我想起「瞎子摸象」而有點要笑，但是看看四周，七雙眼睛都神色凝重，也便不得不斂心肅立。

王師傅緩緩放下手，立刻有人端來椅子，他低著頭沒講話，有的只是人們的呼吸聲。

「有什麼問題？」大約過了兩分鐘，他突然抬起頭，那早已失神的眼睛，却像是一下子生動了起來。

「近代美術館的問題是爲什麼畫面不平，表面又容易積灰，請問先生是否應該重裱？」

「這麼簡單的問題還要拿來問？」老人拍了一下自己的右膝：「第一，軸的重量不夠，對於橫幅的畫，由於紙上下的幅度小，舒解波折的能力差，要加倍重的軸頭。第二，當年的裱工差，距不勻，裱褙過程中畫面有輕微移動的現象。第三，這是畫在『鳥之子』紙上的，褙紙也應該用類似的紙，他們却用了厚宣紙，以爲厚會平，那是大錯，因爲不能順紙之性，畫面紙和托底紙質料不同，反而會縐。第四，旁邊的織錦緞太厚，遇到濕度變化時，膨脹係數與畫面差異太大，當然會不平。總之一句話，這幅畫沒落在內行的裱工手裏，差點糟蹋了。」

說到這兒，每個人都倒抽了一口氣。

「所幸畫面情況還不錯，只是畫家當時在渲染的時候用筆太重，把紙面刷毛了，裱袖時又沒有好好磨整，所以容易掛灰。」

「能不能重裱？」小川一面記錄，一邊發問。

「可以！但是好像有硃砂之類的礦物顏料？」

「是的！」

「這種顏料裱一次，多少要晦暗損失些；而且畫面本身並非不平，主要是受四周織錦緞的壓迫而折縐，不如維持原狀，但改爲額裝。裝時先增加空氣濕度，用無酸板壓緊織錦部分，乾了之後自然會平，而且由於玻璃的保護也不易著灰。這些事他們能做，犯不著來找我。」老先生揮了揮手：「送回去！」

「是的！」小川示意把畫摘下，並翻另一份文件：「還有一張畫，請求裱裝。」

「說來！」

「中國名花鳥畫家，已經去世的陳之佛，早年在日本畫的荷花鴛鴦，因爲用的中國紙太薄，而且膠礬太重……」

「少批評！輪不到你，繼續！」

「是！」小川連連行禮：「雙勾重彩設色，數處綻裂，一直藏在鈴木久保先生處未裱，原請富士山喜多屋裝額，怕重彩和紙脫開掉色，經磯田先生介紹來，請求裱軸。」

「雪翁（陳之佛的號）是老朋友，接！今天是什麼天氣？」

「陰，未雪。」

「明天呢？」

「據報告也是陰，將雪。」

「今天動手！立刻調糊，中等濃度，棉料褙紙，比畫面每邊各寬三吋，裁好備用。」

一聲令下，便見小川指點著幾個弟子忙碌起來。

◉

「讓他們弄，我來陪你看看。」老先生站起身，似乎認得方向，直直地向一幅畫走去，使我和千子反像是被他拖著走。

那是一張巨幅的作品，上下只有六呎，橫寬則在八呎以上。畫的是臨溪一棵盤根錯節的松樹，下面站著兩隻白鶴，樹上則停著一對喜鵲；遠景非常簡練，破鋒飛白，以大斧劈的皴法畫著兩片岩壁和其間的飛瀑。不知是因爲年代久遠而色彩已褪，抑或根本原來就用色極淡，幾乎可以說是一張水墨的作品，而且用筆遠多於用墨。

「這是日本大師狩野元信的作品。」老先生雖然看不見，却抬頭正對著那幅畫。這個動作，使我突然有些激動，因爲那正是我記憶中風骨嶙峋的老人，他的一雙法眼曾使多少自以爲是精鑒者汗顏，更有多少海內外的收藏家只爲了他的一句話而迢迢千里地找到水雲齋，而他，這位我眼中不朽的英雄，竟然喃喃地問我：「你是行家，看看，怎麼樣？」

「不錯！」我實在無心看那張畫，只是敷衍了一句。

「對就是對，錯就是錯，什麼叫不錯？」老人突然向前走了兩步，大聲地彷彿朗讀宣言：「沒有馬夏、玉澗、梁楷，就沒有狩野元信；沒有李唐就沒有狩野元信……。」他突然歎了口氣：「斧劈皴是毛筆側鋒的高度發揮。可惜在中國，對於中鋒圓線的重視遠超過側鋒的筆法，加上董其昌倡南貶北的理論，反對斧劈皴的強烈主角，使這種皴法沒有獲得充分的發揮。反而是日本人，一方面因爲民族性的峻切，一方面因爲紙門障壁特多，造成畫大畫的機會遠超過中國畫家。而紙門和障壁畫所用的紙張都經過膠礬的強化處理，不容易受墨，更造成他們大量使用堅硬的山馬筆，並以側鋒的斧劈筆法表現。斧劈皴法的妙趣，在日本實在是獲得了充分的發揮。而今的嶺南派，固然可以說在筆法上承襲了中國的傳統，實際無可否認是由於高劍父、高奇峰兄弟重新自日本取回了破筆飛白的精華。這好像我們生的孩子人家養，例子實在太多了，想來不能不令人感慨。」老人說著，轉向右側一張較小的山水：「看看這幅也是日本的國寶，畫聖雪舟的作品。我不用看，聽小川的形容，根本就是夏圭「西湖柳艇」的翻版嘛！雪舟的作品我眼明時也見過不少。如果說李唐晚年土石不分，雪舟更是如此了，筆墨硬得很，有些甚至嫌髒，想當年在明朝的時候，他到中國旅行，也不知哪來的福份，讓他在北平不知名的官署畫了幾筆，回日本就成了可以傲視群倫的畫聖。」老先生突然轉過臉，伸著脖子似乎要找出我的所在：「劉小弟！劉小弟！你說，中國那時候有多神氣，這是眞正的上國啊！偏偏今天倒了行市，包括齊白石在內，多少畫家，反而在日本受人重視之後，回國才能被自己人認可，這……這、這不是倒了行市是什麼？我甚至聽說日本的目黑先生把故宮的裱畫批評得一無是處，什麼都是中國人教的，寧一山、沈南蘋、伊孚九，哪一個日本人不當老子拜？而今居然落得他們批評我們不懂了！」

「您也用不著生氣，您想想，他們如果不尊重中國藝術家，又怎麼會請您來呢？」看老人氣得直發抖，我趕緊找機會舒緩一下氣氛，卻沒想到老人更氣了！

「還說？你們這些人都不好好學，你是從小看，卻不動手；我的那個寶貝侄子是三個月就想出師；其它的學徒更不用說了，連糊還不會調，邊都不會黏，居然就想要搭托、飛裱。怎麼辦？你說怎麼辦？」

我說不上話來，還好面對著牆上的畫，但是我相信，千子一定看到了我紅到耳根的臉頰。所幸此刻小川已經過來請示：

「先生，東西準備好了，請您審核！」

◉

老先生站了半晌，似乎平息了情緒，由千子和小川扶著走向桌子，桌角放著兩瓷盆的漿糊。

「這是裱畫糊。」小川把王師傅的右手引進其中一個盆子，老人只探進大拇指和食指，在糊中兩隻手指互相揉搓了幾下：

「不行，要再加一點水！太濃了！」十分兇的語氣。

「是的！但是您說要濃一些！」

「是要濃，因爲裱的是蟬衣箋，但是也沒叫你這麼濃啊！漿糊濃固然容易裱，又不易在裱的時候掉顏色，可是因爲紙吸收糊之後變硬，以後很難重裱或保存，畫面更因爲糊的浸透而掩了清靈之氣。記住，那清靈之氣是不一定說得出來的，得感覺。更記住裱畫是千秋事業，一張畫不但在裱的時候要光彩，還得在百年之後光彩，否則既對不起畫家，對不起自己，更對不起子子孫孫。今天的裱畫者，只以自己方便爲第一，怎麼了得？」

小川灰頭土臉，連連稱諾地把漿糊端了下去，却又被老先生叫住：「你要加水對不對？是不是缸裏擺過三天以上的？不要偷懶加自來水，漂白粉可不是好玩的，水要先溫過，但是不能熱，否則漿也要變質的。」

小川又連連鞠躬。那端著盆的狼狽的樣子，使我想起舊時早上爲師母倒尿盆的小徒弟，這種人在國內恐怕早已絕跡了。

◉

終於一切準備停當。

「你說畫的是荷花鴛鴦，那荷花和鴛鴦腹部有沒有用粉？」老人問小川。

「有，中等程度。」

「那麼要先好好把紙潤透，以免紙受水膨脹而白粉沒有膨脹，造成與紙脫開掉色的現象。」

立刻就有個徒弟把一張毛毯鋪平在地上，又將陳之佛的畫，正面朝下地放在上面。

老先生向後退了幾步，伸出手，又立刻有徒弟拿著一個非常特殊的噴水器向老人手的上方噴了一下。

「顆粒要再小，不是生紙，是熟紙。」
調整了一下刻度，再噴。
「可以了！」
只見那拿噴水器的徒弟立刻走到小川旁邊，由小川在文件夾內記下了刻度的號碼。
「全面噴，四尺二寸的畫要噴八下，要勻。然後，頓了頓：「在畫中間用力多噴一下。」
徒弟照做了。
「等四分鐘，現在把褙紙拿來給我。」
老人摸了一下褙紙：
「可以，立刻刷上漿糊，刷在紙的正面。」
即刻有徒弟以大排筆刷上了漿糊，並報告了師傅。

「畫面翻正，護紙加上，提起定位！」

想必那些學生都早是熟手，默契更是第一等，老人話才說完，一切都已經就緒，但見兩個學生把那畫提在空中，虛虛地正對著下面已刷了糊的褙紙，並轉過臉，釘著老人。

老人霍然站起，他那原本不很穩的步子，突然變得俐落。我看了千子一眼，她居然示意我不要扶，而老人已經昂然地走向裱畫桌。他準確地在桌邊止住步子，緩緩抬起右手，摸到一個徒弟的手臂，再緣著摸到手腕的位置，找到了覆著護紙的畫。小川遞上棕刷，老人以右手取過，並以左手按著徒弟的手。

「慢慢放下去，要放在正中心。看準了！」隨著那畫面向褙紙一寸寸地靠近，我的心跳正逐漸加速。

畫面接觸了，老先生的左手已感覺到。右手的刷子突出如電，直向畫心靠下方處落刷，颯！颯！颯！颯！畫面的下方完全黏合了，刷子向中心上方快速移動，迅如風雷，颯！颯！颯！颯！左右連著四刷。

「放手！」老人大喝一聲。

原本仍提著畫面一邊的徒弟立刻將手鬆開，老人向左大跨步，手隨身走，唰！却刷空了，我大驚，向前衝，却被千子一把拉住。只見老人跟著連三刷，下下中的，那原本折縐的畫幅，已經平如一片玉版般地，服服貼貼地與揹紙黏接。

我呆立著。我的嘴是張開的，這不是夢？但這怎麼可能是眞？是的！那颯颯的聲音，那棕刷渾實而不剛烈的音響，那節奏，那如音樂、如呼吸、如血脈搏動的節拍，都是我熟悉的，都是我童年時每日聆聽的，從一位擇善固執的中年師傅到那燈下修補古籍、掛著厚厚眼鏡的寂寞老人。但是，今天在我眼前的這一位傴僂如殘燈閃爍的老者，竟能突然站起，瞬間成爲一位巨人，以捨我其誰的胸懷與氣魄，赴那可能是他人生的最後一個戰場，打一場不能不勝的仗。他。會是一個盲者嗎？不！他已經是神。至少他已經是一位捨身殉道的聖者，爲他熱愛的藝術奉上他的雙眼，再毫不猶疑地捧上全部的生命。

我沒有落淚，因爲聖者不需要人們的同情，反而人們需要他的同情。

◉

在奈良我住了十天，這是我生命中永遠無法忘懷的一段日子。因爲我學到的不僅是裱畫的方法，更是裱畫的境界；不僅是藝術家的精神，更有那份「雖九死而無悔」的執著，我知道：那才是愛！

回到紐約之後，我寫了三封信給王師傅，可惜都沒有得到回音，直到四月初，突然接到一封筆跡娟秀的信，竟然是千子。

「他叫我提醒你，說那天忘了講，當他裱雪翁畫時，後來虛揮的一刷，並不是刷空了，而是必要的，因為畫刷到後面容易有縐，必須先以一個虛刷扇出風，使畫面非常貼近褙紙，再以幾下實刷刷牢，他希望你記住，這世上許多看來不值得的事，實際不但不會落空，而且是必要的，必須有少數人犧牲，才能有多數人被喚醒。

這是他，我們都無比敬愛的老人，生前最後的一句話。

千子」

【後記】

那裡的年輕朋友，
總會很不捨地問我：
「你還會回來嗎？」
「我當然會回來！」我總是這麼答：
「這是屬於我的土地啊！」

今我將老，我必歸鄉

世紀末，十二月二十二日，經歷了廣州、中山、長沙、北京、大連、瀋陽三個多星期的旅程，回到台北，爲這本書作最後一校。

大概因爲在瀋陽，被零下二十五度的氣溫凍到了，我得了重感冒，一邊「痛哭流涕」，一邊校對，也可能病中情感比較脆弱，許多篇章加重了我的「痛哭流涕」。尤其當我校到「水雲齋」，想到奈良的那段日子，更是感慨萬千。

當時，我已經在紐約的聖若望大學應聘爲「駐校藝術家」。他們聘我，只因爲我在那兒的一場畫展和演講。我有一間陽光特別好的辦公室，有一位秘書，卻不必每天上班。聘書是由副校長親自送到我家的，主動提出爲我辦居留，看我遲不行動，還三催四請。我說我是藝術家，要自由。學校居然說「你到世界任何一個角落，只要讓我們知道你在哪裡，都算是上班。」

◉

在聖若望大學，我做了十年，但是這十年間，我常想，爲什麼一個三十歲的年輕人，能在異國被重用，而且被用得如此「受尊重」？如果我在自己的國家，能有學術團體給我那樣的自由，使我到世界各地收集資料，寫出五本中英文繪畫論著嗎？

在奈良、踟躕在東大寺的松林間，我想的是同樣的事，有的是同樣的不平。

◉

但是，過去十年間，有了改變。一九九〇年，當時的新聞局長邵玉銘先生一封給聖若望大學校長請求借調的信，改變了我的想法。人在天涯，以爲早被遺忘，居然還能被禮聘回台，主持「中國文明的精神」的研究工作。

我比王師傅幸運，我沒有瞎，沒有死在異鄉，我回到自己的土地貢獻所學，而且居然得到兩岸讀者的愛護。

回顧過去這十年，無論在台灣或大陸，每當我離開一個城鎮，那裡的年輕朋友，總會很不捨地問我「你還會回來嗎？」

「我當然會回來！」我總是這麼答：「這是屬於我的土地啊！」

因爲年輕，所以流浪。
今我將老，我必歸鄉。

劉墉

後記

今我將老，我必歸鄉

劉墉的著作

文藝理論：

〈中國繪畫的符號〉（《幼獅文藝》‧1972）

〈詩朗誦團體的建立與演出〉（聯合報1981）

《花卉寫生畫法The Manner of Chinese Flower Painting（中英文版）》（紐約水雲齋‧1983）

《山水寫生畫法Ten Thousand Mountains（中英文版）》（紐約水雲齋‧1984）

《翎毛花卉寫生畫法The Manner of Chinese Bird and Flower Painting（中英文版）》（紐約水雲齋‧1985）

《唐詩句典（暨分析）》（水雲齋‧1986）

《白雲堂畫論畫法Inside The White Cloud Studio（中英文版）》（紐約台北水雲齋‧1987）（太平洋文化基金會獎助）

《林玉山畫論畫法The Real Spirit of Nature（中英文版）》（紐約台北水雲齋‧1988）（太平洋文化基金會獎助）

〈中國繪畫的省思〉（專欄系列）〉（中國時報‧1990）

〈藝林瑰寶（專欄系列）〉《財富人生雜誌》‧1990）

〈內在的眞實與感動〉（聯合報‧1991）

《中國文明的精神（三十集二十七萬字）》（廣電基金‧1992）

〈屬於這個大時代的麗水精舍〉（太平洋文化基金專刊・1995）

畫冊及錄影：

〈歐洲藝術巡禮〉（中國電視公司播出・1977）

《芍藥畫譜》（水雲齋・1980）

《The Real Tranquility（英文版錄影帶）》（紐約聖若望大學・1981）

《春之頌（印刷冊頁）》（紐約水雲齋・1982）

《眞正的寧靜（印刷冊頁）》（紐約水雲齋・1982）

《The Manner of Chinese Flower Painting（英文版錄影帶）》（紐約海外電視25台播出・1987）

《劉墉畫集（中英文版）》（紐約台北水雲齋・1989）

《劉墉畫卡（全套四十三張）》（水雲齋・只供義賣・1993・1994・1995・1996・1997・1998・1999）

有聲書：

《從跌倒的地方站起來飛揚（劉墉・劉軒演講專輯）》（台南德蘭啓智中心・只供義賣・1994・馬來西亞華僑董事會聯合總會・只供義賣・1997・水雲齋・只供義贈盲胞・1997）

《這個叛逆的年代（劉墉演講專輯）》（馬來西亞華僑董事會聯合總會・只供義賣・1995）

《在生命中追尋的愛（劉墉演講專輯）》（伊甸社會福利基金・只供義賣・1996・水雲齋・只供義贈盲胞・1999）

《愛的變化與飛揚（劉墉演講專輯）》《在靈魂居住的地方（有聲書）》（水雲齋・只供義贈盲胞・1998）

譯作：

《死後的世界（瑞蒙模第原著）》（水雲齋・1979）

《顫抖的大地（劉軒原著）》（水雲齋・1992）

詩、散文、小說：

《螢窗小語（第一集）》（水雲齋・1973）

《螢窗小語（第二集）》（水雲齋・1974）（中山學術文化基金獎助）

《螢窗小語（第三集）》（水雲齋・1975）（中山學術文化基金獎助）

《螢窗小語（第四集）》（水雲齋・1976）

《螢窗隨筆（詩畫散文集）》（水雲齋・1977）

《螢窗小語（第五集）》（水雲齋・1978）

《螢窗小語（第六集）》（水雲齋・1979）

《螢窗小語（第七集）》《眞正的寧靜（詩畫散文小說集）》（水雲齋・1982）

《小生大蓋（幽默文集）》（皇冠・1984）

《點一盞心燈》《薑花》（水雲齋・1986）

《超越自己》《四情》（水雲齋・1989）

《創造自己》《紐約客談》（水雲齋・1990）

《肯定自己》《愛就注定了一生的漂泊》（水雲齋・1991）

《人生的眞相》《生死愛恨一念間》（水雲齋・1992）

《冷眼看人生》《屬於那個叛逆的年代（改寫・劉軒原著）》《離合悲歡總是緣》（水雲齋・1993）

《衝破人生的冰河》《作個飛翔的美夢》《把握我們有限的今生》（水雲齋・1994）

《我不是教你詐》《迎向開闊的人生》《在生命中追尋的愛》（水雲齋・1995）

《生生世世未了緣》《抓住心靈的震顫》《我不是教你詐②》（水雲齋・1996）

《尋找一個有苦難的天堂》《殺手正傳》《在靈魂居住的地方》《創造雙贏的溝通(劉軒合著)》（水雲齋・1997）

《攀上心中的巔峰》《我不是教你詐③》《對錯都是爲了愛》（水雲齋・1998）

《做個快樂讀書人》《一生能有多少愛》《你不可不知的人性》（水雲齋・1999）

《面對人生的美麗與哀愁》《抓住屬於你的那顆小星星》《愛何必百分百》（水雲齋・2000）

《你不可不知的人性②》（水雲齋・2001）

《因為年輕所以流浪》（超越・2001）

國家圖書館出版品預行編目資料

因為年輕所以流浪／劉墉著. -- 臺
北市：超越, 2001〔民90〕
面； 公分

ISBN 957-98036-4-1（平裝）

857.63 89017415

因為年輕所以流浪

作者：劉墉
發行人：劉墉
出版者：超越出版社
地址：臺北市忠孝東路四段三一一號八樓之六
郵政劃撥：一九二八二二八九號
電話：(〇二)二七四一四六五三・二七七一七四七二
傳真：(〇二)二七四一五二六六
登記證：局版北市業字第壹陸壹零號
責任編輯：畢蘭馨
校對：畢薇薇 劉軒 馮宜靜
總經銷：農學股份有限公司
地址：新店市寶橋路二三五巷六弄六號二樓
電話：(〇二)二九一七八〇二二
印刷：中原造像股份有限公司
地址：臺北縣中和市建康路一三〇號七樓之十一
定價：平裝一八〇元
出版：二〇〇一年三月

ISBN:957-98036-4-1